LES JOURS PARFAITS

Ouvrage traduit avec le soutien de l'Acción Cultural Española, AC/E.

Titre original :
Los días perfectos
Éditeur original :
Libros del Asteroide SLU, Barcelone

ISBN 978-2-330-19490-1

JACOBO
BERGARECHE

Les jours parfaits

ROMAN TRADUIT DE L'ESPAGNOL
PAR MAÏRA MUCHNIK

un endroit où aller
ACTES SUD

À Sergio, Mundo, la Vieille, Shaun
et tous les amis d'Austin.
Avec mes remerciements au personnel
du Harry Ransom Center.

J'ai régné plus de cinquante ans, et mon règne a été paisible ou victorieux ; j'étais chéri de mes sujets, redouté de mes ennemis et respecté de mes alliés. La richesse et les honneurs, la puissance et le plaisir accouraient à ma voix ; et il me semble que rien n'a dû manquer à mon bonheur. Dans cette situation heureuse en apparence, j'ai compté avec soin les journées de véritable bonheur qui ont été mon partage ; elles se montent à quatorze…

ABDALRAHMAN III

LUIS À CAMILA

Austin
Juin 2019

Chère Camila,

Je m'aperçois aujourd'hui que les moments de bonheur les plus vrais et les plus récurrents de l'année écoulée ont été ce que Carmen, ma fille cadette, appelle *guerre*. Un bref rituel simulant une bagarre que Carmen me réclame très souvent le soir, avant d'aller au lit. Elle me regarde furieuse et projette sur moi ses jambes et ses bras en mouvements menaçants inspirés d'un art martial quelconque qu'elle a dû voir dans la cour de l'école, je dois attraper au vol l'un de ses membres, l'immobiliser, la renverser par une culbute dans mes bras et la jeter sur le matelas, ensuite elle essaie de se relever et je dois l'en empêcher un peu brutalement, repoussant son front en arrière tandis qu'elle se redresse, s'écrase contre l'oreiller et essaie à nouveau de se relever, je la pousse alors en arrière encore une fois. Puis, je l'attrape par les chevilles, et d'un coup sec, je la retourne à plat ventre, et là, je lui fais des chatouilles jusqu'à ce qu'elle dise stop. Elle tient tout ce qu'elle peut avant de déclarer forfait, entre fous rires et hurlements. Parfois il y a des ratés, elle me donne un coup dans le nez et me fait mal, ou c'est moi qui lui enfonce mes ongles en laissant une marque, ou bien elle s'écrase contre le mur et ça finit en pleurs. Mais la plupart du temps elle en redemande, elle réclame une autre culbute, et une voltige par les chevilles, et les chatouilles aux pieds et elle me fait du chantage en déclarant que si on ne prolonge pas la guerre, elle ne me donnera pas de bisou pour nous souhaiter bonne nuit, elle sait que ma journée ne se finit pas bien sans son bisou pour nous dire au revoir avant le sommeil.

Il y a des jours où je ne suis pas à la maison au moment où Carmen va se coucher, et d'autres où je suis si fatigué que je ne peux m'employer à la lancer prudemment dans les airs avec la certitude de ne pas lui rompre le cou ou que ses chevilles ne vont pas me glisser des mains. Quand c'est le cas, je me torture en pensant qu'il n'y aura peut-être plus de guerres, que sans le savoir, j'ai raté ma dernière chance d'une guerre avec Carmen, que le lendemain, elle ne voudra pas, ni le surlendemain, que soudain elle sera devenue grande et n'aura plus envie d'être secouée comme ça, ni d'avoir des crises de rire à force de chatouilles, qu'elle ne voudra plus vendre aussi cher son bisou de bonne nuit mais qu'au contraire, elle l'offrira sans plus de cérémonie pour se débarrasser de moi. Parce que de la même façon qu'un jour, il y a environ un an, elle s'est mise à exiger une guerre avant d'aller se coucher, viendra celui où elle cessera de la demander, et j'aurai beau m'efforcer d'être à l'heure à chaque rendez-vous guerrier, je sais que cette ultime guerre viendra, c'est inévitable, et je ne saurai pas que c'est la dernière (à moins que la fin coïncide avec un drame, par exemple un coup fatal sur la nuque contre le coin d'une table, je me suis déjà dit que ça pourrait très bien arriver, car malheureusement, tout ce qui est susceptible d'arriver finit un jour par arriver à quelqu'un) jusqu'au moment où, soir après soir, nous ne serons plus au rendez-vous, parce que je serai en voyage, ou elle en colonie de vacances, et que le temps se déposera sur nos guerres, et qu'elle grandira et que je vieillirai, et que nos guerres ne seront plus qu'un souvenir d'enfance heureux, et qu'elles correspondront enfin à un nombre exact et définitif, le nombre de guerres que nous avons eues, une première, beaucoup d'autres, et la guerre finale. Un nombre que nous ne connaîtrons jamais, car nous ne tenons pas le compte de nos guerres, mais je n'en suis pas pour autant capable d'oublier que leur nombre est exact, qu'il y a eu un premier rituel et que, plus tôt que prévu, un autre viendra qui sera le dernier.

Ça ne m'arrive pas seulement avec les guerres de Carmen, mais régulièrement, avec tout ce que j'aime faire et refaire, combien de fois n'ai-je pas dit au revoir à ma mère après un repas dominical en pensant que ce serait peut-être le dernier, combien de fois ne suis-je pas parti en voyage et n'ai-je embrassé mes trois enfants et pensé, dès qu'ils n'étaient plus dans mon champ de vision, que ce serait peut-être le dernier baiser, car l'avion pouvait très bien s'écraser, ou eux mourir dans un incendie absurde provoqué par l'humidificateur d'air grâce auquel ma femme croit les préserver des toux saisonnières et auquel je n'accorde pas plus de crédit qu'à un remède de grand-mère. Et ça m'arrive aussi avec toi, oui, depuis la première fois que je t'ai embrassée, et suis allé me coucher en désirant que ce premier baiser si improbable, si inespéré, n'ait pas été le dernier, et le lendemain, quand tu m'as embrassé pour la deuxième fois j'ai commencé à compter un à un les baisers que nous avons échangés pendant les trois jours qu'a duré notre première rencontre. Jusqu'à ce qu'on se soit revus, j'ai passé tellement de nuits à lutter contre le fantôme du dernier baiser, à chasser l'idée que je te l'avais déjà donné sans m'apercevoir que c'était le dernier, et que tout était terminé, le rideau était tombé, les gens étaient rentrés chez eux et moi, encore assis dans la salle, j'attendais l'acte suivant. Quand, au bout d'un an, nous sommes retournés sur la scène du crime et qu'à l'aéroport, tu m'as embrassé avant que j'aie pu te dire ce que durant tout le vol j'avais pensé te dire au moment où je te reverrais, je me suis calmé et j'ai enfin cessé de compter, la finitude ne me faisait plus peur, je me suis persuadé que ceci se reproduirait chaque année, le dernier baiser semblait déjà perdu de vue, évanoui dans un futur lointain.

Combien de temps ai-je pu gaspiller à me créer des angoisses qui assombrissent mon humeur comme une brume passagère chaque fois que quelque chose me rappelle que tout ce que je ne veux pas perdre a eu un début et aura un jour une fin. J'essaie vite d'échapper à cette pensée stérile, avant que ne se forme dans les brumes de ma conscience la vision concrète d'une dernière fois, et que je ne me retrouve absorbé dans sa contemplation, incapable de protéger mon état d'âme des effets de cette vision.

Voilà pourquoi, maintenant que j'ai par hasard entre les mains le dossier de la correspondance entre un célèbre écrivain et sa maîtresse – tous deux morts il y a longtemps –, je ne peux m'empêcher d'angoisser : je peux voir la première lettre d'une histoire d'amour ouvrir ce dossier, et voir en même temps la dernière, à la fin, et je ne peux m'empêcher de faire à la louche le calcul de toutes les feuilles de papier comprises entre ces deux lettres, la première et la dernière, et d'évaluer à chaque fois combien de lettres manquent à cette relation avant de s'éteindre. On peut affirmer que l'ensemble des preuves de cette liaison ayant survécu mesure à peine un demi-centimètre d'épaisseur, et occupe un volume de trente-cinq centimètres sur vingt-cinq, soit les dimensions approximatives des pochettes couleur crème où sont classées les lettres du dossier n° 11 des archives de William Faulkner au Harry Ransom Center qui m'aident à tuer le temps ce matin, et, j'en ai bien peur, me feront perdre toute la journée, et les jours à venir, jusqu'à me faire entièrement oublier la raison de mon voyage qui a déjà perdu pour moi tout intérêt. La tentation était trop grande, comme je te le disais, c'est par hasard que je tombe sur ces papiers, et j'y découvre un moyen de trouver des réponses, je les lis avec une délectation semblable à celle des adolescents qui lisent le courrier du cœur des magazines. Et pourtant, rien qu'en voyant la pochette, de nouvelles questions m'assaillent. Quelle place a prise *ce qu'il y a eu entre nous* (appelons-le comme ça, faute de mieux) ? Quelle marque cela a-t-il laissée, quels restes, quelles cendres ? Rien n'est conservé. Moi j'ai tout effacé, absolument tout, et je suis sûr que toi aussi. Je sais seulement que l'année dernière je t'ai vue pendant quatre jours à la même date, dans la même ville, et que l'année d'avant je t'ai vue aussi trois jours, à la même date et dans la même ville. Te voir ne dit pas tout. Tu as été à moi, j'ai été à toi. Nous avons été l'un à l'autre.

Je me demande si dans une cave quelconque du Sud Dakota ou à Malte, un serveur actif héberge encore une copie archivée de tous nos messages effacés. Il reste, c'est vrai, une ou deux photos de paysages contemplés ensemble que nous avons partagées sur nos réseaux respectifs, prenant cependant toujours le plus grand soin de ne pas laisser la trace d'un "nous". Seule quelque photo sur Instagram conserve le dessin inimitable des nuages dans le ciel d'une journée que nous avons passée ensemble. Ah oui, il me reste aussi le livre que tu m'as offert dans cette librairie à Austin, et je regrette tellement aujourd'hui de t'avoir demandé de ne pas me le dédicacer, de t'avoir dit avec tant de lâcheté et de précaution qu'il valait mieux ne laisser aucune trace de *ce qu'il y a eu entre nous*, car après m'être penché brièvement et plein de jalousie sur cette correspondance privée de Mr Faulkner, je ressens soudainement le besoin de garder une petite empreinte, un signe, un indice qui me rappelle que *ce qu'il y a eu entre nous* s'est passé, et que c'est du passé. Voilà un appétit que je ferais bien de ne pas alimenter, avant d'entrer dans ce lieu j'étais justement très soulagé qu'il ne reste rien, de ne pas avoir un fétiche qui en le touchant m'embarquerait dans le carrousel des fantasmes sur ce qu'aurait pu être cette semaine ici avec toi, je me réjouissais de n'avoir aucune photo qui me renvoie au souvenir des quatre nuits passées avec toi l'année dernière ni à celui des trois autres nuits passées ensemble l'année d'avant. J'ai beaucoup de mal à croire que nous n'avons eu que sept jours ensemble, ils prennent tellement de place en moi que j'arrive à peine à penser à autre chose en marchant dans cette ville, et encore moins sachant que tu es là aussi, maintenant, probablement à moins de cinq cents mètres, et que tu vas passer ici les quatre prochaines nuits. Je m'étais promis de ne pas t'écrire, d'accepter ta décision sans exiger aucune explication, j'ai pris comme un ordre ce que tu m'avais demandé dans ton ultime message : *Mon mari a décidé de m'accompagner à la dernière minute, s'il te plaît ne m'écris plus. Restons-en là, gardons-en le souvenir. Adieu, je t'aime.*

J'ai effacé le message après l'avoir relu vingt fois, puis j'ai effacé aussi ton numéro de téléphone portable pour éviter la moindre tentation (impossible d'oublier ton mail, il était tellement simple). C'est ce "Gardons-en le souvenir" que tu me proposes en guise de consolation qui est devenu un problème pour moi, car pour le garder j'ai besoin de le conserver quelque part : on sait bien que les souvenirs qui ne reposent ni sur des images, ni sur des mots ou des objets se défont petit à petit dans la mémoire, perdent de leur netteté, leurs contours s'effacent, leurs couleurs se mélangent et à la fin, il n'en reste qu'une vague tache de lumière sur ce fond obscur qui finit par tout engloutir.

"Gardons-en le souvenir", me dis-tu, et avec ma manie d'identifier les dernières fois, je prends conscience que cette phrase est certainement la dernière action que nous conjuguerons à la première personne du pluriel, notre dernière apparition ensemble, à la première personne du pluriel d'un temps au présent. Il vaut peut-être mieux que nous n'en gardions pas le souvenir, je ne vois pas encore très bien en quoi cela peut nous faire du bien, mais si comme tu me le demandes, nous devons le conserver, il faudra d'abord qu'il soit fabriqué pour durer, autrement dit, préservé pour pouvoir le garder. Je n'ai que mes mots pour embaumer. Permets-moi donc de t'écrire cette lettre que je ne t'enverrai probablement jamais, il me suffit de savoir que je te parle, je veux m'entendre encore un peu parler de cette voix que j'avais pour toi, la voix que tu faisais jaillir. C'est aussi lamentable, guimauve et indigne que ça, je veux m'entendre moi-même parler de cette voix qui se perdra bientôt dans ton silence, je veux faire sonner encore un moment cet instrument dont j'ai si bien appris à jouer et qui n'était fait que pour tes oreilles.

Tandis que j'écris cela, me vient un doute : et si en réalité nous n'avions fait que nous amouracher de nous-mêmes amoureux, si ce que je craignais vraiment de perdre n'était que de pouvoir être celui qui était amoureux de toi, cette personne qui peut faire, dire et sentir les choses que fait, dit et sent une personne amoureuse. C'est un doute sensé, après tout je n'ai passé au total que sept jours avec toi, ou plus exactement, trois jours, suivis d'une année d'absence, et de quatre autres jours, suivis d'une autre année d'absence qui aurait dû se terminer hier, par d'épiques retrouvailles dans un aéroport. Il est nécessaire de compter également le temps sans toi, car l'absence aussi a façonné *ce qu'il y a eu entre nous*, tout comme le silence façonne la musique, et l'ombre la peinture.

Après les trois premiers jours passés avec toi, il y a deux ans, je me suis rendu compte qu'au lieu d'être rentré à Madrid, je venais de retourner à ma vie, de fait j'en étais sorti, j'avais vécu trois jours d'une autre vie que la mienne. Une autre qui était aussi complètement à moi, me donnant cette voix qui ne me venait qu'en ta présence, où il n'y avait de place pour personne d'autre et où ma vie habituelle, celle qui manifestement redevient aujourd'hui la seule que j'ai, disparaissait jusqu'à ce que tu ne sois plus là. Tu peux avoir plus d'une vie, mais tu ne peux pas en vivre plus d'une à la fois, et tu n'es conscient d'avoir une vie que lorsque tout à coup tu en entrevois une autre qui aurait pu être la tienne.

Nous avons toujours eu la délicatesse d'éviter de nous raconter nos autres vies (vies ou couples, je ne sais pas bien quel terme employer), nous nous les sommes cachées mutuellement dans des compartiments étanches, de manière hygiénique, pour ne pas qu'elles se contaminent. Je ne voulais pas entendre ton avis sur cette existence à laquelle il me faut retourner, ni t'imaginer dans la tienne, ni apprécier ses ombres et ses lumières, ni me comparer à ton mari, ni que tu te compares à ma femme. Il était important de nous libérer l'un l'autre de ce que nous sommes quand nous ne nous voyons pas, de ce à quoi il nous faut retourner. Et ce n'est pas maintenant que ça va changer, je ne vais pas te parler de ma vie, du moins pas dans le détail, je m'en tiendrai à la métaphore pour te dire que lorsque tu es arrivée, ma vie me donnait l'impression d'être un énorme navire, chargé de containers empilés, certains remplis de déchets toxiques, d'autres d'illusions avec une date de péremption, de responsabilités, de préoccupations, d'autres encore débordants de désirs refoulés. C'était un navire insupportablement lent sur un océan trop large.

Chaque matin on s'y réveillait dans l'espoir que la mer serait calme, qu'apparaîtrait bientôt un port où l'on puisse décharger, parce qu'à chaque tempête que nous avions traversée, tous ces containers empilés s'étaient déplacés, et le navire penchait déjà dangereusement. C'est au milieu de cette traversée que je t'ai rencontrée, et étonnamment, les quelques jours passés avec toi se sont posés sur le navire comme un contrepoids exact, le navire a retrouvé son équilibre, il s'est mis à naviguer plus vite, est arrivé à bon port et a déchargé, enfin, des dizaines de containers.

Trois ou quatre jours par an constituent la dose parfaite d'évasion, pas besoin de beaucoup plus. La part de nous-mêmes que nous cachons aux autres se doit d'être minime, sinon, nous nous transformons en de parfaits inconnus pour les nôtres, pire encore, nous finissons par devenir familiers aux gens avec qui ce rapport intime entre inconnus est précisément ce qui nous plaît. Arrive un stade dans la vie où ce n'est qu'aux inconnus qu'on peut parler, sans craindre de les effrayer ou de les décevoir, de nos désirs secrets, de ce à quoi nous avons cessé de croire, de ce que nous ne voulons plus être et de ce en quoi nous commençons à nous transformer.

Je me mets à être insupportablement poétique (au pire sens du mot poétique, mièvre peut-être conviendrait mieux), tout ce truc allégorique de *La voix qui t'est due* et du navire de la vie commence à me rester en travers de la gorge. Et moi qui étais surtout venu à Austin pour employer des expressions que tu m'as apprises, pour danser collé-serré, pour nous cajoler, nous tripoter dans le taxi en rentrant à l'hôtel, baiser, *matarte la rata a palos* (sans aucun doute mon expression favorite) qui se dit chez moi "t'enfiler", *planchar* ou nous palper, *abrochar* ou fricoter, et comme on dit nous autres les *gachupines*, les Espagnols d'Amérique, tirer un coup, un coup rêvé, répété et anticipé pendant une année entière, mais non. Au lieu de ça, me voilà en train de planer dans les hauteurs avec des métaphores, revêtu du cadavre de *ce qu'il y a eu entre nous* avec plus de prestance qu'une momie égyptienne. L'alternative c'est d'essayer de ne pas penser à toi, ne pas penser que tu marches en ce moment même dans ce campus tandis que j'essaie d'écrire joli (mièvre), que je vais peut-être te croiser en sortant du Harry Ransom, mais au contraire de me concentrer sur ce que je suis supposément venu faire ici, à savoir monter un reportage pour remplir quatre ou cinq pages du supplément dominical du journal, car le directeur financier, le véritable manitou désormais, ne voyait pas l'intérêt de me payer un voyage uniquement pour que j'assiste au congrès, "Qu'est-ce que ça apporte au journal que tu ailles à ce congrès, ils mettent toutes ces réjouissances sur streaming maintenant ?", peut-être que s'il nous avait vus danser au White Horse, il n'aurait pas fait tant d'histoires, il aurait compris que le bonheur que je comptais rapporter dans mes bagages profiterait à toute la rédaction. Mais tout est comme ça désormais dans un groupe de presse espagnol, c'est du troc, "Moi je te paie le voyage, sur le vol le moins cher, avec trois escales, le Holiday Inn, le régime à base de sandwichs, et toi t'as qu'à nous ramener un reportage ou de quoi justifier la dépense". Je suppose que l'année prochaine ils ne me paieront même pas le voyage, Austin me fournira difficilement matière à plus d'un reportage, et même si je pouvais, ça m'est égal désormais, l'attrait principal du voyage a disparu, venir pour se souvenir n'est pas un bon plan, j'ai toujours cherché à croire que je ne crois pas à la nostalgie.

Ce qui est sûr, c'est que le Harry Ransom Center est le genre d'endroits dont on peut extraire suffisamment de suc pour remplir tout type de suppléments et rubriques sur plusieurs pages. L'endroit, tu le connais déjà de l'extérieur, c'est cette forteresse cubique en béton armé, ressemblant à un bunker qui serait sorti de terre là où se trouve la fontaine du campus, sur la 21, poussé vers la surface par un mouvement tectonique. À l'intérieur de ce cube gris, il y a quarante-trois millions de documents, comprenant entre autres deux originaux des *Bibles de Gutenberg*, la première photo de Nicéphore Niépce, quelques *first folios* de Shakespeare, les archives complètes ou partielles de génies vivants et surtout morts, l'illusionniste Houdini, Poe, Conan Doyle, Jean Cocteau, Gabriel García Márquez, Joyce, Beckett, David Foster Wallace, Coetzee, Ishiguro, Anne Sexton, David O. Selznick, Robert De Niro, Arthur Miller, Aleister Crowley, Paul Bowles, Lewis Carroll, Faulkner, Borges, Baroja (comment Baroja a-t-il fini au Texas ?), Hemingway, Malcolm Lowry, l'agence Magnum, tout type de livres rares, les papiers du Watergate de Bob Woodward, des partitions manuscrites de Verdi, Stravinsky, Ravel, des écrits de Newton, des feuilles de calcul d'Einstein, rien qu'avec ça, tu commences à te faire ta petite idée : des archives à l'infini. On a du mal à croire que cette espèce de bibliothèque d'Alexandrie de notre temps ait fini dans une ville aussi peu connue au cœur du Texas, le dernier État qu'on associerait à un lieu de stockage de la haute culture. On se demande qu'est-ce que ce machin vient faire à Austin, comment il a atterri là. Je ne l'avais absolument pas remarqué lors de mes deux précédentes visites, tu verras, il est toujours tout en bas des listes des choses à voir dans cette ville, tu auras d'abord la boutique de bottes de cowboy sur South Congress Avenue, le restaurant-grill de Aaron Franklin, le circuit de Formule 1 ou la colonie de chauves-souris sous le pont de Congress Avenue. Interroge n'importe qui dans la rue au sujet du Harry Ransom Center, ils ne sauront pas te dire ce que c'est, ni encore moins où il se trouve. Moi-même je n'aurais jamais appris l'existence de ces archives si le journal ne m'avait pas mis un pistolet sur la tempe en me servant son baratin comme quoi : ou je leur rapporte de quoi remplir des pages du supplément ou bien il n'y a pas de voyage à Austin cette année.

Avant d'arriver à Austin, j'ai consulté sur le web plusieurs inventaires des fonds, à la recherche des sujets de remplissage les plus scandaleusement évidents, aptes à boucher un trou quelconque dans le supplément dominical, comme les papiers du Watergate de Bob Woodward, ou les carnets et effets personnels de Gabriel García Márquez, n'importe lequel de ces machins pourrait me servir à concocter quelque chose de publiable en peu de temps. L'idée était d'entrer dans le Harry Ransom Center fugitivement, avec un plan, comme un voleur qui sait ce qu'il a à faire, prendre en photo quelques papiers plus ou moins intéressants que je lirais plus tard sur écran, me tirer de là rapidement et expédier ainsi toute la recherche pour l'article. Une fois cette question résolue, il ne me resterait plus qu'à assister à une ou deux conférences du congrès, celles qui tomberaient en même temps que tes cours, là je publierais deux ou trois tweets et photos pour fabriquer mon alibi. Tout le reste du temps était libre et j'allais le passer avec toi jusqu'à nos au revoir à l'aéroport dans les larmes, la bave, les sanglots et peut-être même la morve. L'orbite de la planète-de-ce-qu'il-y-a-eu-entre-nous était très étroite, les jours duraient soixante minutes, les heures soixante secondes : gâcher une matinée, c'était comme jeter la moitié d'une vie à la poubelle.

Ensuite, après nos au revoir, viendrait l'heure de passer par la chambre de décompression pour survivre à l'immersion et expulser de mon organisme les effets de cette autre atmosphère, pour cela je ferais une escale d'une nuit dans un hôtel à NYC, et je me ferais "un Peláez" comme on appelait à la rédaction les reportages rédigés d'une traite et contre la montre après avoir passé une semaine sans écrire un seul mot, à voyager et à vivre aux frais du journal, des reportages qu'on livre une minute avant le bouclage, pile au moment d'entreprendre le voyage de retour, et produits avec l'aide inestimable d'un stimulant quelconque et d'une bouteille de whisky, à la manière d'un certain Peláez que je n'ai pas eu le temps de connaître parce qu'il a claqué d'un arrêt cardiaque à Bangkok juste au moment où j'ai commencé à travailler, mais il a donné son nom à un style de vie qui, au vu de ce qu'on nous paie aujourd'hui pour voyager, est plus une légende qu'une réalité, parce que l'hôtel à NYC et le vice, c'est à moi de les financer. J'irais donc m'enfermer pour écrire le reportage d'un seul coup, dans un hôtel de NYC, et tout de suite après je m'autodétruirais jusqu'à ce que tout ce qui s'est passé à Austin soit dissous dans une solution toxique, n'ait plus rien de la netteté d'hier et devienne vaporeux comme les contours d'un rêve, puis le lendemain, je rentrerais à Madrid abruti, somnolent, incapable de la moindre pensée complexe, mon travail bouclé, avec une envie de foyer, une faim de restes et de sandwichs, de ma place dans le canapé, ayant droit à une couverture et à des caprices de malade, faisant passer ma gueule de bois pour de la fatigue, celle du travail accompli mêlé au jet-lag, manger allongé, dormir le jour, rester en caleçon jusqu'au lendemain matin, cesser d'être, se contenter d'être là.

Mais tu as changé mes plans et, comme cela arrive souvent dans ce genre de situations, le temps s'est précipité, et s'écoule autrement à présent, devenu une ressource surabondante, qui inonde tout, et remonter ce marécage d'heures jusqu'à celle de rentrer me fait l'effet de nager dans de l'huile. Je ne te dis pas ça pour te faire du mal – quoique, qui sait, c'est peut-être précisément ce que je cherche inconsciemment – mais pour t'expliquer que j'ai passé des heures et des heures réfugié dans la salle de lecture du Harry Ransom Center, dépourvue de fenêtres, d'échos, de sons, enveloppée dans une semi-obscurité, d'où émergent les faibles halos de lumière des lampes qui ici et là éclairent la poignée de chercheurs examinant en silence quelque manuscrit. J'ai compris que c'était là ce que je pourrais trouver ces jours-ci de plus ressemblant à un caisson de privation sensorielle, un refuge, et je ne suis plus du tout pressé de boucler ce reportage bouche-trou. Je suis entré dans cette salle de lecture avec l'envie de me perdre parmi les quarante-trois millions de documents que je pourrais consulter, j'ai dû tout laisser dans un casier et signer un formulaire qui me permet de prendre des photos des originaux à condition de ne pas les partager publiquement sans autorisation préalable. À l'une des extrémités de la salle il y a un guichet tenu par deux bibliothécaires d'aspect assez étrange, l'un avec une calvitie et des cheveux longs, des bretelles et une barbe blanche qui lui arrive à la poitrine, et une dame avec une chevelure grise en bataille et des yeux miniaturisés sous l'effet optique de ses verres épais. Tous deux remettent aux chercheurs de la salle les documents et s'assurent que ces derniers soient manipulés avec tout le soin requis, avec des pinces, entre des plaques d'acétate, en retirant les feuilles de papier uniquement une à une. Ils veillent à ce que tu ne mâches pas de chewing-gum, que tu n'utilises aucun autre ustensile pour écrire que les crayons fournis sur place, que tu ne te serves que de leurs feuillets jaunes pour prendre des notes, feuillets entre lesquels, je suppose, il serait plus difficile de subtiliser un document à cause du contraste des couleurs. Ils ne prononcent pas un seul mot de trop, ils ne s'épargnent ni ne gaspillent un seul centimètre de leur marche pour répondre à une sollicitation, ils se déplacent comme s'ils faisaient du taï-chi, sans émettre un seul bruit, chacun de leurs mouvements est exact et précis, ni trop lent ni trop rapide, au bout d'un moment ils deviennent invisibles et se fondent dans le décor, ils sont mus par une règle générale : ne jamais perturber l'atmosphère de concentration des chercheurs qui passent eux aussi des heures en silence à étudier des manuscrits, des notes écrites en marge d'un livre, une épreuve raturée, le cachet d'une lettre. La *reading room* du HCR mériterait une visite ne serait-ce que pour observer et s'imprégner du calme de ce lieu conçu pour l'hyperconcentration, destiné à ceux qui veulent aller au fond des choses comme s'ils étaient dans un sous-marin.

Il est surprenant de voir avec quelle facilité on m'a remis la correspondance strictement privée d'un homme – en l'occurrence un prix Nobel – qui n'a jamais pensé que ses lettres seraient un jour lues par quelqu'un d'autre que leur destinataire.

"Bonjour, que cherchez-vous ? m'a demandé aimablement une bibliothécaire sur un ton parfaitement maîtrisé de façon à être inaudible à plus d'un mètre et demi de mon visage.

— La correspondance de Faulkner avec sa maîtresse. Sur votre site il est indiqué que c'est le dossier n° 11 des archives de Faulkner.

— Parfait. On vous l'apporte tout de suite."

Franchement, je ne peux pas dire que je sois un grand fan de Faulkner. J'ai essayé un jour, quand j'avais encore le souci de lire les livres canoniques qu'un homme cultivé est supposé avoir lus, avant de m'apercevoir à quel point il est facile de survivre avec élégance à n'importe quel dîner mondain à Madrid sans être démasqué – il suffit de savoir que Joyce était irlandais, pas besoin de s'infliger la torture de la lecture d'*Ulysse*. Même si je ne l'ai pas beaucoup lu, j'ai une sympathie particulière pour Faulkner, j'adore sa moustache, sa pipe et son allure de fermier du Mississippi. En le voyant je me dis que j'irais volontiers boire des coups avec lui, et le laisserais même seul avec mes enfants (ce sont les deux questions que je me pose quand je juge un inconnu à son apparence). À la maison nous avons tous ses livres, c'est l'écrivain favori de Paula, qui elle en revanche a lu ses classiques occidentaux (il semblerait que je ne vais pas réussir à ne pas parler de la vie à laquelle je retourne, tu me pardonneras, en fait je ne sais pas, peut-être que je me l'écris à moi-même cette lettre). En ce qui me concerne, j'ai seulement réussi à finir *Les palmiers sauvages* et encore, c'est parce que Paula me l'avait offert quand on a commencé à sortir ensemble. Quand ta moitié t'offre un livre au début d'une relation, c'est inévitable : tu le dévores en pensant qu'il contient un message spécial qu'elle a voulu t'adresser en utilisant les mots de quelqu'un d'autre. "Entre la douleur et le néant, je choisis la douleur", dit le narrateur à la fin du roman, après son histoire d'amour scabreuse avec une femme mariée qui finit aussi mal qu'est susceptible de finir une histoire d'amour (je viens de spoiler le roman, ne me déteste pas). Sur le moment je n'ai pas bien compris ce que Paula essayait de me dire. Curieusement, je crois que maintenant, après avoir lu toutes ces lettres – une en particulier, que je te réserve pour l'apothéose finale –, j'ai enfin compris.

Au bureau, j'ai encadré le discours de réception du prix Nobel de Faulkner, c'est Paula qui me l'a offert quand j'ai commencé à travailler au journal comme si c'était un credo, pour garder à l'esprit ce sur quoi il valait la peine d'écrire, ces choses sur lesquelles elle n'avait précisément jamais rien écrit, et moi encore moins. Voilà pourquoi peut-être ce discours est rangé dans un tiroir, j'avais honte de l'afficher à la rédaction, j'aurais eu l'air d'un imbécile. Je ne supporte pas les gens qui encadrent des citations intelligentes, et encore moins ceux qui accrochent au mur des citations d'auteurs qu'ils n'ont pas lus.

Quand j'ai vu sur le site du HRC qu'une partie de ses archives s'y trouvaient, j'ai songé à envoyer un message tendre à Paula, avec la photo d'un de ses manuscrits. J'ai vu que dans la masse des papiers il y avait une pochette avec la correspondance entre Faulkner et sa maîtresse, une certaine Meta Carpenter. Je ne suis pas persuadé que Paula me pardonnerait une aventure, mais je suis sûr que Faulkner, qui suscite chez elle passablement plus d'admiration que moi, elle essaierait de le comprendre plutôt que de le condamner, et même de le justifier. Tout à coup j'ai été piqué d'une vraie curiosité, une curiosité un brin malsaine afin de savoir réellement de quel bois était faite l'aventure d'un être supérieur, cet être qui occupe une grande partie de ma bibliothèque, et a écrit le premier livre que ma femme m'ait offert. Honteux, j'ai ouvert la pochette, comme celui qui se tapit dans sa cachette pour épier l'intimité d'un inconnu.

La première d'entre toutes est une lettre dont le cachet est daté d'avril 1936. Elle porte en haut au centre un entête imprimé à l'encre verte : *"Beverly Hills hotel and bungalows"*, qu'illustre un bâtiment blanchi à la chaux, de style colonial, au milieu de collines pelées, avec quelques palmiers. Le texte manuscrit est un bloc parfaitement rectangulaire, étroit, il s'élève sur la page blanche comme une colonne solide, propre, sans ratures, chaque ligne a la même largeur, elle s'appuie sur la précédente en un nivellement parfait, le même espace séparant chacune des lignes de la précédente. Les lettres aussi ont tendance à être des colonnes, elles se dressent comme des lignes droites vers le haut, les *t*, les *f*, les *d*, les *g* ne sont que des fils de fer verticaux, qui se confondent les uns les autres. Les caractères dans leur ensemble tiennent de la maçonnerie. Plus qu'un texte écrit, c'est un texte érigé, comme une svelte tour de briques sur un ciel blanc, avec

BEVERLY HILLS
HOTEL AND BUNGALOWS
BEVERLY HILLS
CALIFORNIA

8:00

I am all night again, and I want to see you. Can I? You are badly in my blood and bones and life, my dearest dear. You cant help that now. and I dont think I would if I could. Only you are going to have to tell me if I will be of harm to you. I have finished the script. and I think I shall go back home soon. I dont intend to until I see you again though. Will you call me and say when?

10:30 Now that I talked to you, I had to write something else in here. Meta. Meta. beloved. precious sweet, beloved beloved. I want to say goodnight to you, but I want to put the words into your hands and into your heart both. And I am to see you tomorrow: Tomorrow: tomorrow:

beaucoup d'air des deux côtés du texte. La lettre a quelque chose d'architectural, on aurait dit que Faulkner, plus qu'écrire, construisait sa propre pensée sous la forme d'un édifice. Toi qui es architecte tu serais d'accord avec moi.

Voici l'original de la lettre. Je transcris :

8:00

I am all right again, and I want to see you. Can I? You are badly in my blood and bones and life, my dearest dear. You can't help that now, and I don't think I would if I could. Only you are going to have to tell me if I will be of harm to you. I have finished the script. And I think I shall go back home soon. I don't intend to until I see you again though. Will you call me and say when?

Je vais mieux, et je veux te voir. Je peux ? Je t'ai salement dans le sang dans les os dans ma vie, mon cher amour. Tu ne peux plus rien y faire, et je crois que je ne ferais rien non plus si je le pouvais. Il faudra juste que tu me le dises si je te fais du mal. J'ai fini le scénario. Et je crois que je vais bientôt rentrer chez moi. Mais je n'ai pas l'intention de rentrer avant de t'avoir revue. Tu m'appelleras et tu me diras quand ?

10:30

Now that I have talked to you, I had to write something else in here. Meta. Meta, beloved. Precious sweet, beloved beloved. I want to say goodnight to you, but I want to put the words into your hands and into your heart both. And I am to see you tomorrow. Tomorrow. Tomorrow.

Maintenant que j'ai parlé avec toi, il fallait que j'écrive encore autre chose dans ce billet. Meta. Meta, chérie. Doux trésor, chérie chérie. Je veux te dire bonne nuit, mais je veux mettre ces mots entre tes mains et dans ton cœur. Et je te verrai demain. Demain. Demain.

C'est une tour de texte à deux niveaux, deux blocs de même taille, superposés l'un au-dessus de l'autre, chacun précédé de l'heure à laquelle il a été écrit. Le premier bloc juste après le coucher du soleil par une après-midi d'avril. Je regarde l'entête à nouveau, et je m'imagine qu'à l'une des fenêtres de cet hôtel blanchi à la chaux se trouve Faulkner regardant le soir tomber, dans l'obscurité son désir s'éveille peu à peu, et il le contemple en train de naître, il l'écoute et le nourrit de mots. Il veut la voir, il le dit à cette feuille de papier comme si en l'écrivant elle allait l'entendre, *"You are badly in my blood and bones and life"*, il lui demande si elle l'appellera, *"Will you call me and say when?"*.

Deux heures et demie après, plus tard dans la nuit, arrive un autre bloc de texte, de taille similaire au précédent. Il raconte qu'il vient de parler avec elle au téléphone, il sent qu'il doit écrire encore. *"Meta. Meta, beloved. Precious sweet, beloved beloved. I want to say goodnight to you, but I want to put the words into your hands and into your heart both"*, puis il prend congé en célébrant le fait qu'il la verra demain, et il ne peut s'empêcher d'écrire cet adverbe temporel trois fois de suite, de cette écriture simplifiée qui dans sa hâte abandonne en chemin tout trait horizontal.

Iomo11ow Iomo11ow Iomo11ow

En un sens, cette lettre épouse le format d'une application de messagerie mobile. Ce n'est pas une lettre, mais plutôt deux messages séparés. Comme dans tout ce qui est digital, chacun de ces messages indique l'heure à laquelle il a été émis. C'est fou, le type écrit des WhatsApp presque un siècle avant leur invention. De toute évidence, l'impatience à communiquer dans l'immédiat notre désir, à l'élaborer poétiquement par des images et des mots, à le voir grandir à chaque instant, est une pulsion qui était déjà en nous avant l'existence des téléphones portables.

Dans son *protoWhatsApp* de 8 heures, Faulkner désirait ardemment savoir quand il pourrait la revoir. Dans le bloc suivant, le *protoWhatsApp* de 10 h 30, il sait déjà quand il la reverra, de fait on pourrait même penser que Meta a reçu le premier message par télépathie et a appelé séance tenante.

"Je te verrai demain. Demain. Demain." Comme ça, trois fois, je comprends si bien le besoin d'entendre le mot en écho, de le répéter pour le voir encore, l'écouter encore. Ce mot s'est chargé de possibles, s'est enflammé d'excitation. Je crois que l'un comme l'autre nous savons quel est ce genre de demain qu'on est capable d'écrire trois fois de suite et qui continue à résonner comme un mantra dans la tête.

La dernière fois que j'ai su que j'allais te revoir, ce fut un de ces demains auxquels on a du mal à croire, de ceux qui, même écrits trois fois, ne semblent pas tout à fait réels. J'avais oublié cette excitation extrême de "veille de", les enfants l'éprouvent tout le temps, la veille de Noël, de leur anniversaire, des vacances, ou avant d'aller au parc d'attractions, et puis, on finit par être déjà passé par tout ça et par ne plus ressentir l'excitation si enivrante des "demains". Eh oui, il y a toujours des demains très attendus, très prometteurs, avec joies garanties incluses, mais combien, les années passant, avons-nous de triples demains comme celui-ci, qui enferment la conscience dans une spirale faite du seul mot "demain", combien qui nous poussent à ne parler qu'en le répétant, l'invoquant, le conjurant, demain, demain, demain, avec le besoin d'écrire ce mot trois fois de suite parce que même deux ne peuvent suffire à reverser sur le papier la force de ce demain dont la grande promesse est aussi simple qu'indépassable : tu vas la revoir, tu vas la toucher à nouveau. Il n'existe pas de meilleur demain que celui-là.

Indubitablement ces demains-là s'usent vite, leur nombre est fixé dès le départ, au bout d'un certain temps les demains qui leur succèdent perdent peu à peu leur capacité à se gonfler de promesses, ils cessent d'être triples, doubles, deviennent identiques entre eux, et l'on finit par oublier l'excitation canine de ces jours précédant la réapparition de cette personne qui nous faisait répéter, encore et encore, demain. Demain. Demain.

Aujourd'hui, cette lettre entre les mains, je m'aperçois que moi aussi j'ai connu des "veilles de" avec Paula, mais je les ai toutes consommées depuis si longtemps que je ne me souvenais même plus comment c'était d'aller au lit en pensant que demain tiendrait ses promesses : quels vêtements elle porterait, quel foulard, quelle bataille dans ses cheveux, quel climat sur sa joue, quel ciel dans ses yeux, quelle humeur dans sa voix, quels mots de bienvenue.

Il était bien notre accord Camila, juste une veille de retrouvailles par an, ils en auraient mis du temps à se consommer ces demains demains demains. À présent nous sommes orphelins de veilles comme celles-là, moi en tout cas je le suis, c'est comme si on m'avait fait croire à nouveau aux Rois mages pour me priver de Noël dans la foulée. Je suppose qu'il me reste encore, même si c'est une maigre consolation, le sauvetage de la mémoire de ces "veilles de", de celles que tu m'as fait éprouver, et d'autres éprouvées bien avant d'où une fois enterrées a germé la vie que je partage aujourd'hui avec Paula et qui me fait à présent l'effet d'un navire immense et surchargé, dont on a tellement de mal à varier le cours et la vitesse. Cette vie qui est la seule qui me reste.

Quand je relis cette lettre si privée et si étrangère, si loin dans le temps, j'ai l'impression qu'elle a été écrite pour que je te l'envoie à toi, en elle vit encore, tournoyant dans un présent inextinguible, prisonnier d'une fin d'après-midi d'avril 1936, le désir de Bill (il signe ainsi la plupart de ses lettres) d'être avec la personne qu'il désirait, en elle ce désir prend voix et forme, il devient langage pour parvenir jusqu'à elle. Ce même désir que j'époussète à présent, et qui me sert de miroir, me renvoie le reflet de la première nuit où j'aurais été capable de t'écrire avec autant d'effusion un message qui se serait terminé par *Je te verrai demain. Demain. Demain.* Viens, je te ramène là-bas. C'était le deuxième jour après notre rencontre, tu ne t'imagines pas le nombre de nuits où j'ai tracé en pensée la ligne sinueuse des faits qui ont dû se produire pour que, du jour au lendemain, le mot demain cesse d'être un simple adverbe de temps et devienne un carillon de promesses sonnant dans la nuit. Je te les énumère dans cette liste :

– Mon congrès de journalisme numérique et ton séminaire d'architecture ont coïncidé dans le temps et dans l'espace.

– Nous voyagions dans le même avion de Dallas à Austin, tu t'es assise devant moi et au moment de l'atterrissage, tu t'es dépêchée pour sortir la première, tu as ouvert le compartiment à bagages et le tien m'est tombé sur la tête. Tu m'as demandé pardon plusieurs fois en anglais, je t'ai souri et j'ai prononcé un *"Don't worry, I'll survive"*.

– Nous étions tous deux logés à l'hôtel de l'université.

– Aucun de nous deux n'avait réussi à bien dormir et dès 7 heures du matin, nous descendions pour petit-déjeuner.

– On nous a attribué des tables voisines, nous étions les seuls clients à cette heure. Tu m'as reconnu, tu t'es excusée à nouveau en anglais et tu m'as demandé comment j'allais, moi je t'ai dit que ce n'était rien, tout en essayant de deviner d'où venait ton accent : brésilien, indien, italien...

– Tu as parlé au téléphone avec ton mari à ce moment-là et j'ai entendu ton accent mexicain, ta façon de demander si tes enfants avaient bien petit-déjeuné, s'ils avaient bien dormi, et de dire au revoir froidement.

– On nous a servi un *breakfast tacos*, un truc qu'ils nous avaient vendu comme l'une des gloires de la gastronomie d'Austin, Texas.

– Tu as regardé les tacos avec une certaine déception, et moi avec l'enthousiasme qu'inspire quelque chose de chaud et fumant, plein d'œufs et de fromage fondu.

– Je t'ai demandé, en tant que mexicaine, comment tu évaluais les tacos d'Austin, et c'est là qu'a démarré la conversation suivante (qui donnait à peu près ça, pardonne-moi si je n'emploie pas correctement les mexicanismes), qui s'est avérée fatale :

"En tant que mexicaine, je peux t'assurer que ceci n'est pas un taco.

— Alors c'est quoi un taco ?

— Voyons, pour commencer, plus qu'un taco nous avons là un wrap petit et gros, en forme de cylindre, et non d'ovale plié. La tortilla est industrielle, elle manque de spongieux, de texture, elle est aussi élastique que du plastique, par ailleurs, la quantité à l'intérieur est exagérée, ça suinte, ça déborde, comme tout ce qui est gringo, elle obéit à la règle du *more is more*, du *size matters*. Ensuite, la sauce n'est pas incorporée au taco, ils te donnent trois sauces au choix, dans des petits sachets plastique, alors que le taco est le mariage parfait entre la tortilla, la sauce et l'aliment... Ils appellent ça taco, mais c'est une appropriation culturelle.

— Je veux que tu saches que tu viens de détruire cruellement toutes mes illusions.

— Je n'ai pas dit que c'était mauvais, je t'ai seulement dit que ce n'est pas un taco.

— Tu viens de me dire que je suis en train de manger une appropriation culturelle, ça ne s'annonce pas vraiment appétissant – quand j'ai dit ça tu as ri, je t'ai vue éclater de rire pour la première fois, tu as laissé ton corps vibrer sans retenue, et j'ai vu tes deux seins si parfaits bouger sous ta chemise noire, et toute cette pluie de grains de beauté qui les recouvrent pointait au-dessus du dernier bouton fermé, et j'ai pensé à l'instant même que je voulais te voir rire à nouveau, qu'il fallait que j'essaie encore. J'ai sorti le prospectus que les organisateurs nous avaient donné à l'arrivée, le *What to see and do in Austin*, et je te l'ai montré : tu me fais douter de ce dépliant, « *start your day with the famous Austin breakfast tacos, whatever you do, don't miss the world famous Texas* BBQ ».

— T'as vu, ils ont employé *famous* deux fois de suite ? Des Texans tout craché, pour eux tous leurs trucs sont *world famous* et *historical*.

— Je perçois une certaine rancœur mexicaine envers le Texas... je me trompe ?

— Non, mais bon, c'est que tout ça était à nous, ils nous l'ont volé.

— En tant qu'Espagnol je pourrais dire la même chose, mais je ne veux pas heurter les hypersensibles...

— Oui, mieux vaut ne pas s'aventurer sur ce terrain-là.

— Attention, là je tiens un bon truc : « *Learn to dance country music: free dancing lessons every evening in a real cow-boy saloon.* » Ça pour le coup, c'est authentique et *world famous* pour de vrai. Il faut y aller. Regarde la photo – on y voyait des dizaines de couples enlacés en train de danser, avec leurs chapeaux et leurs bottes.

— Ça a l'air super."

C'est alors qu'est survenu l'instant de vertige, le point d'ouverture d'une possibilité, la possibilité d'un passage à l'acte. L'autre jour j'ai lu dans un court essai de Peter Handke que les instants comme celui-là sont ce que les anciens Grecs appelaient *kairós* : l'instant opportun, le moment propice pour agir. Kairós était un dieu du temps, mais du temps qualitatif, de l'instant où tout peut changer pour toujours, pas un dieu du temps linéaire, des temps morts et de la routine, pas le dieu qui engendre l'horloge, les jours, les heures, comme le serait Cronos, un dieu castré. Je n'ai même pas réfléchi, aujourd'hui encore je ne sais pas pourquoi j'ai osé ni d'où m'est venue cette audace, j'ai été moi-même surpris, presque terrifié, quand de ma bouche est sorti un "On y va ?".

Le laps de temps pendant lequel tu songeais à une réponse autre que celle déjà donnée par le sourire que tu tentais de dissimuler m'a paru une éternité. J'ai pris les devants "Moi je me libère à 7 heures, et seul ou accompagné, j'irai. Et encore mieux, je vais m'acheter un chapeau en chemin. Rendez-vous ici à 7 heures ?".

Tu m'as dit que tu ne savais pas, que ça te disait bien, mais que ça dépendait de ce qui se passerait après tes cours, peut-être qu'il te faudrait aller dîner avec les autres professeurs du séminaire. Mais tout cela était une élégante mascarade, pour toi il était déjà clair que tu viendrais. Moi j'en doutais encore, mais l'expectative avait déjà commencé à se former dans mon esprit, je savais qu'à 18 h 45 je serais là à t'attendre, et avant de dire quoi que ce soit d'autre qui puisse t'inciter à la prudence, j'ai regardé l'heure sur mon portable, j'ai feint la surprise et l'urgence, je me suis levé de ma chaise tout en faisant semblant de composer un numéro

– “J’ai un *call* là tout de suite, excuse-moi… C’est dit, si tu veux venir à la leçon de country, rendez-vous ici à 7 heures”. J’ai pris congé et j’ai déguerpi le téléphone collé à l’oreille avant de faire échouer mon entreprise.

Je me suis rendu à trois conférences d’affilée de mon colloque de journalisme numérique, je n’ai rien écouté de ce qui s’est dit. Je n’aurais pas pu, ma conscience entière était absorbée en un mouvement pendulaire entre le “Elle viendra” et le “Elle ne viendra pas”. À un coin de rue je me suis mis à regarder la liste des endroits où on dansait la country, en cherchant sur Instagram des photos des habitués de chacun des établissements qu’on me proposait, essayant de sélectionner le plus prometteur, celui qui offrirait le plus grand éventail de dénouements possibles et imaginables. Il fallait qu’il y ait à proximité des lieux où improviser un dîner ou un dîner bis, où boire un verre bien dosé, où se promener la nuit, où s’asseoir pour parler tranquillement, où danser un autre genre de musique au cas où la country nous provoquerait une furieuse soif de danse qu’elle ne suffirait pas à assouvir. Je ne connaissais pas ton prénom, mais cette brève rencontre matinale avait suffi pour me ramener à un état d’excitation extrême que je n’avais plus ressenti depuis l’adolescence, celui-là même qui vibre encore à chaque ligne de cette vieille lettre de Faulkner. Plus rien ne m'intéressait entre ce petit-déjeuner et le coup de 19 heures, ni les conférences, ni les débats, ni mon travail à Madrid, ni ma vie, ni les dizaines de soucis, d'obligations et d'aspirations qui me trottaient dans la tête, tout avait complètement disparu face à la perspective d'aller danser de la country avec toi, un genre de musique que, jusqu'à ce jour, j'avais toujours férocement méprisé et auquel j'étais à présent disposé à me rendre sans condition.

Après des heures passées à chercher sur internet, il m'a paru évident que je devais t'emmener au White Horse. L'endroit semblait tout indiqué pour nous autoriser à perdre le contrôle de la situation, passer du verbe au geste, de la boisson à la nourriture, du jeu à la danse, une scène avec des groupes en live, des leçons de danse gratuites, un billard, un trône tenu par un cireur de chaussures, des cowboys dans tous les coins aux cheveux verts le cou recouvert de tatouages et un patio en terre battue, de grandes tablées et le *foodtruck* dégoulinant de graisse. C'était définitivement un lieu où je serais allé, même seul.

Dès 16 heures je me suis échappé d'une rencontre entre journalistes de tous horizons et suis allé boire une bière dans le bar le plus désert que j'aie pu trouver. Que s'était-il passé ? À quel moment était né mon désir, ce désir qui avait pris possession de ma bouche et t'avait fait une proposition audacieuse, celui qui commençait à présent à se substituer à toutes les intentions premières de ce voyage, qui avait anéanti mon intérêt pour toute rencontre avec des collègues importants du milieu, pour la moindre nouveauté en matière de journalisme numérique ? Je n'en étais pas certain : était-ce arrivé quand je t'ai vue seule au petit-déjeuner, parlant froidement avec ton mari, passant en revue les menus de tes enfants à contrecœur ? Ou plus tard, quand j'ai observé tous les contours de ton corps ? Peut-être quand tu m'as brillamment décrit ce qu'était et n'était pas un taco, et qu'il m'a paru soudain évident que l'intelligence et le sens de l'humour habitaient ce corps ? Ça s'est sûrement déclenché pour de bon après, au moment où tu as eu cet éclat de rire et que j'ai entraperçu à nouveau ta galaxie de taches de rousseur.

J'avais en tout cas un terrible doute (et je l'ai encore), celui de savoir si mon désir te préexistait, s'il était déjà là, caché parmi les ombres de mon imagination, attendant son heure, sa scène, son objet, pour éclater au grand jour. Ça arrive à tellement d'hommes de mon âge qui sortent, possédés d'avance par le désir, à la recherche d'un objet qui leur permette de le réaliser pour un instant. Un ami au journal dit que la fidélité est une affaire strictement nationale. Il est marié depuis des années, mais dès qu'il quitte l'Espagne tout seul, pour son travail, son regard change, il renifle l'air, on dirait même qu'il a les oreilles qui poussent. Il ne peut s'empêcher de ressentir une immense frustration s'il n'a pu avoir, avant de rentrer chez lui, le début d'une petite aventure, un baiser lui suffit, c'est la séduction qui le motive, la naissance du désir est la partie qu'il préfère. C'est l'un des buts de chaque voyage qu'il entreprend. J'ai un autre ami qui, quant à lui, a automatisé l'infidélité, dès qu'il sort de chez lui il ne pense qu'à baiser, il se saoule ou se drogue pour pouvoir sans peur ni prudence ni remords pénétrer tout ce qui bouge, il ne trouve aucun intérêt à la séduction ou à la conversation, mais seulement à la fourrer où il peut et dès que possible. J'ai le sentiment que l'un comme l'autre souffrent d'une sorte de vampirisme que j'ai toujours eu peur d'attraper, c'est pourquoi je veux croire que le désir que j'ai pour toi est né avec toi, que je ne le portais pas déjà en moi comme un virus latent, ou pour reprendre ma métaphore nautique : que ce n'était pas le canot léger avec lequel je fuyais le navire.

J'ai fini ma bière avant qu'elle ne prenne ne serait-ce qu'un demi-degré, j'ai eu envie d'en boire encore quatre ou cinq, le temps passe beaucoup plus vite quand on boit c'est bien connu, et le laps de plusieurs heures entre 16 h 30 et 19 heures me paraissait insurmontable. Je me suis levé pour en commander une autre, mais le désir, qui parlait déjà à ma place, m'a devancé, *"Can I have the check, please"*, tu ne peux pas arriver bourré à ce rendez-vous incertain, me disais-je, ni même en puant l'alcool, tu as déjà peu de chances que tout se passe comme tu le voudrais, mieux vaut ne pas les amenuiser. J'ai marché sans but à travers le campus pendant une heure, à la vitesse de ceux qui ne cherchent qu'à tuer le temps, m'arrêtant pour regarder des vélos attachés, des noms sur des boîtes aux lettres, chaque oiseau du parc, les autocollants sur les voitures, et enfin exténué par cet exercice de distraction soutenu, je me suis engouffré dans l'hôtel où j'aurais pu vider les réserves en eau d'Austin avec ma douche d'une heure ou presque dont je suis ressorti groggy. Je me suis séché les cheveux du mieux que j'ai pu pour que tu ne croies pas que je m'étais douché pour notre rendez-vous. La suite tu la connais par cœur. Nous n'avons pas quitté le White Horse avant 2 heures du matin, et cette nuit-là, tu as encore eu la présence d'esprit de me refuser l'accès à ta chambre, mais se peloter au retour dans le taxi a suffi pour que, comme à la fin de cette lettre, je passe la nuit à me répéter que je te verrai demain demain demain.

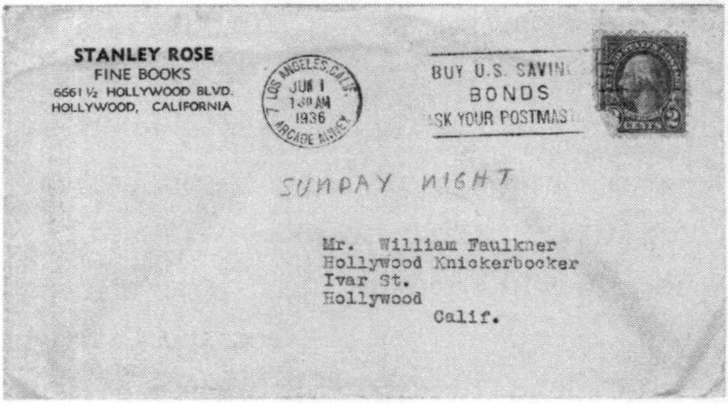

La deuxième lettre des archives porte un cachet de juin 1936 et Faulkner semble réutiliser l'enveloppe d'une lettre qui lui a été envoyée, car sur l'enveloppe c'est lui le destinataire : SUNDAY NIGHT, écrit-il au-dessus de son nom, c'est le titre de cette lettre, la seule qui court sur plus d'une page, et ne comporte pourtant que deux phrases, une bande dessinée en douze vignettes au crayon, schématiques, numérotées, dans des cadres typiques d'un story-board de film minimaliste, une histoire d'amour *indé*. Faulkner n'a pas besoin de plus de trois ou quatre lignes pour définir la géographie où deux figures, représentant Meta et Bill, interprètent une série de scènes pleines de vie et de mouvement. Il suffit de regarder attentivement les vignettes, s'imprégner des détails, pour pouvoir fermer les yeux et flotter dans la séquence des événements paisibles d'un dimanche de juin où un homme et une femme se délectent de leur compagnie mutuelle. Je peux t'assurer que cette lettre à elle seule mérite le voyage jusqu'au Harry Ransom Center d'Austin, la vie n'est pas grand-chose de plus : avoir passé au moins une journée comme celle qu'il raconte.

La voici, attention, ne la diffuse pas (ni celle-ci ni les autres).

Sunday night.

Since you have just waked up, this won't be good night but good morning. And here's the funny part all ready for you.

Sur la première vignette Meta quitte son lit toute nue et enfile une chaussette sur sa jambe interminable, de l'autre côté de la porte de la chambre, Faulkner, anxieux, frappe d'une main et de l'autre tient une raquette de ping-pong. Pour son autoportrait il ne se sert que des attributs de la moustache et de la pipe.

Lui succède une deuxième vignette où ils prennent leur petit-déjeuner face à face avec sur la table ce qui ressemble à une tour démesurée de pancakes empilés sur une assiette.

Puis on a deux vignettes sur un match de ping-pong intense où, visiblement, Faulkner finit sous la table, vautré à terre, épuisé, vaincu. Meta est debout, imperturbable, victorieuse.

Ensuite une voiture aux lignes très courbes, avec une roue de secours sur le coffre, passe près d'un panneau en perspective qui dit SUNSET BLV. Par la petite fenêtre arrière, aux coins arrondis, on perçoit un détail qu'il faut un moment pour déchiffrer : il y a deux cercles, ce sont leurs têtes, celle de Meta contre celle de Bill. C'est une promenade en voiture.

Sur la vignette suivante ils courent ensemble sur la plage, en arrière-plan on distingue des figures comme des bâtons, certaines sont des personnes assises sous des parasols, d'autres, griffonnées, représentent des sportifs prêts à sauter, il y a un filet, ils jouent au volleyball.

Puis Meta et Bill bronzent allongés sur le ventre, les bras en croix, ils partagent la même serviette de bain immense, sur eux un grand soleil commence à tomber.

Elle se maquille les lèvres sur la vignette qui suit, c'est un premier plan de profil, le point de vue de Bill particulièrement attentif à cet instant. Les lèvres sont au centre de l'image, il les dessine en appuyant fort son crayon sur le papier de manière à obtenir le trait le plus noir possible, ces lèvres ne sont qu'une moucheture, mais en elles se condense un brillant obscur et je m'imagine Faulkner écraser sa pointe allant presque jusqu'à la casser pour que sur cette tache les lèvres de Meta semblent s'animer d'une vie propre, lui qui désire tant les embrasser de nouveau.

Sur la vignette suivante ils flirtent en regardant le ciel de la fin de journée, sur la même serviette, le soleil est déjà à moitié englouti sous l'horizon marin.

Puis ils retrouvent un couple d'amis et boivent des chopes de bière assis tous les quatre autour d'une table carrée dans un bar.

Sur la dernière vignette il n'y a plus personne, c'est la seule où il n'y a personne. On y voit les vêtements de Meta et de Bill suspendus à leurs chaises respectives, chaussettes, vestes, sous-vêtements, un panneau DO NOT DISTURB accroché à la porte de ce qui a tout l'air d'une chambre d'hôtel, en bas on lit *"Good Night"*.

Les dessins sont précédés de quelques lignes qui disent *"Sunday night. Since you have just waked up,* *this won't be good night, but good morning. And here's the morning paper all ready for you***"*. Je ne sais rien de plus de la relation entre Meta et Faulkner que ce qu'on peut en déduire de la lecture des lettres, mais le texte semble indiquer qu'il a dessiné pendant que Meta dormait, dans la même chambre, peut-être dans une autre, à deux pas, il l'a dessinée dès qu'elle a eu fermé les yeux, et en cet instant où lui est resté seul, où le silence s'est fait, il a commencé, déjà, à préparer la première chose qui pénétrerait l'imagination de Meta à peine réveillée. *"Since you have just waked up this won't be good night, but good morning."* Il voulait fabriquer la première pensée, le premier souvenir, qui illuminerait son esprit à elle au réveil, arriver avant le premier pipi et l'envie de la gorgée d'eau qui éclaircit la gorge, avant le café qui revigore. *"And here's the morning paper."* J'hésite, s'agit-il d'une chronique des choses qu'ils avaient faites la veille, les journaux étant, fondamentalement, une histoire partiale des dernières vingt-quatre heures dans un territoire donné (une ville, un pays, le monde), ou au contraire d'un pronostic émotionnel, de ce qui pourrait se passer le jour d'après, de

---

* "Dimanche soir. Puisque tu viens de te réveiller, ceci ne sera pas un bonsoir mais un bonjour. Et voici le journal du matin exprès pour toi." *(Toutes les notes sont de la traductrice.)*

ce que Bill aimerait qu'il se passe quand Meta se réveillerait ? On dirait en tout cas des scènes déjà vécues, la chronique d'un dimanche tranquille, et comme la lettre est précédée d'un *"Sunday night"*, je ne crois pas que ce soit son lendemain rêvé, un lundi de travail. C'est la chronique graphique d'un jour parfait, je la regarde et je pense à la chanson de Lou Reed, *"oh, it's such a perfect day, I'm glad I spent it with you"*. C'est vraiment une journée si banale, si calme, faite de plaisirs si simples et courants, comme ceux qu'égrène Lou Reed dans sa chanson, qui raconte que la seule chose qu'ils font durant ce *perfect day*, c'est boire de la sangria dans un parc, donner à manger aux animaux du zoo de Central Park puis rentrer chez eux.

Bill frappe à la porte de la chambre de Meta une raquette de ping-pong à la main, il la réveille, ils prennent leur petit-déjeuner, ils jouent au ping-pong, il jouit d'être battu par une femme plus habile que lui, ils conduisent sur Sunset Boulevard, ils vont à la plage, ils s'allongent sur le sable jusqu'au coucher du soleil, ils boivent des bières, ils rentrent chez eux (ou dans un motel), et laissent leurs vêtements sur des chaises. Rien de ce qui se passe n'est extraordinaire, et pourtant c'est un jour parfait, il mérite un reportage, deux pleines pages d'un journal pour raconter en exclusivité la nouvelle exceptionnelle de ce jour parfait. Ils ne voient pas le Taj Mahal, ne mangent pas dans un trois-étoiles au Michelin, ne bénéficient pas de la visite privée et nocturne d'un musée, ils ne s'enfilent pas de la MDMA en baisant au Standard, ils n'écoutent pas les Rolling Stones en live, ils ne boivent pas un Krug de trente ans d'âge tout en s'ouvrant une boîte de caviar, ils ne se mettent pas en smoking pour être reçus sous les flambeaux dans la maison d'un prince italien ruiné, il ne se passe absolument rien que ne puisse s'offrir n'importe qui, n'importe quand, n'importe où, et pourtant, il suffit de voir cette lettre pour comprendre que ce fut un jour parfait. *Just a perfect day*.

Combien de jours parfaits ai-je bien pu vivre ? Combien que je sois capable de dessiner du début à la fin, sous forme de vignettes numérotées comme dans cette lettre, depuis le petit-déjeuner jusqu'à l'heure du coucher ?

Eh oui, il y a beaucoup de journées avec de grands moments, un dîner à la conversation agréable, un bain de vagues au coucher du soleil, mais il est vrai que ce ne sont pas des journées entières, ce ne sont que les moments parfaits d'une journée qui en a compté d'autres dont je ne me souviens plus, et ce que me demande cette lettre, c'est combien de journées ont été pour moi mémorables depuis l'instant où j'ai ouvert les yeux jusqu'à ce que je me sois endormi.

Ce n'est pas la première fois que je me pose la question, Handke a écrit un court essai sur la journée réussie, je te l'ai déjà cité. Je me le suis acheté quand il a reçu le prix Nobel parce que je n'avais rien lu de lui et que celui-ci était le plus court de tous ses livres, malgré tout je me suis dit que je n'arriverais pas à le lire en entier et qu'il rejoindrait bientôt la pile de livres qui s'accumulent sur ma table de nuit, menaçant de me tuer enseveli, pourtant je l'ai dévoré en une après-midi. Il s'agit de l'essai où il parle du *kairós*, l'instant propice, cette mesure du temps dans laquelle les anciens Grecs recherchaient l'épanouissement. Après les Grecs, dit Handke, sont arrivés les chrétiens, et ils ont élargi la mesure du temps où chacun doit chercher à s'épanouir, et cette nouvelle mesure était l'opposé exact de l'instant : la réussite à laquelle on aspirait n'était rien moins que l'éternité, le chrétien recherchait l'épanouissement après la mort, hors de ce monde, dans l'éternité. Puis avec les Lumières, la mesure du temps réussi est devenue celle de l'homme, c'est-à-dire sa vie, il fallait que ce soit une bonne vie, une vie réussie, une vie rationnelle, kantienne, bien vécue, avec de bonnes habitudes, de bons objectifs, de bonnes fins, de bons moyens.

Quant à nous, à notre époque, selon Handke, nous n'aspirons plus qu'à avoir une bonne journée, une journée réussie parmi tant d'autres inutiles et oubliables. J'ai bien aimé la théorie de Handke, j'achète. Je n'aspire à rien d'autre à la fin de la semaine, voire du mois, de la saison, de l'année, qu'à avoir passé une bonne journée à un moment donné, ou un bon moment arrivé en fin de journée. Durant l'année, j'investis beaucoup de temps, d'imagination et d'argent pour me ménager quinze ou vingt bonnes journées, non pas parfaites, mais excitantes, excessives et chargées de grandes promesses.

Je repense à présent à un opéra à Palerme il y a un mois de ça, à un week-end de ski en Autriche, une escapade dans un célèbre restaurant barbecue au Pays basque. Des projets tous coûteux, sophistiqués, extraordinaires. La perfection ne s'étend jamais à chacune des vignettes qui composent les activités d'une journée, comme dans la lettre de Bill. L'opéra de Palerme fut merveilleux, mais le dîner juste avant traîna en longueur, Paula et moi n'avions pas grand-chose à nous dire, elle était stressée par une affaire en rapport avec la fondation pour laquelle elle travaille qu'elle ne pouvait pas résoudre à distance, on est tombés d'accord sur le fait que les pâtes avaient été servies trop froides, un peu sèches, ils avaient râpé dessus de la truffe blanche, on ne sentait plus que ça, la note enfin était trop salée. Ce ne fut pas parfait car ce n'était pas ce que nous avions imaginé. Il y eut cette déception profonde à la mi-journée, puis la musique dans cet immense théâtre majestueux a tout changé. Nous en sommes ressortis ivres de tant de beauté, émus par ce que nous avions vu, ce que nous avions entendu, nous sommes allés boire des verres et grignoter quelque chose, moi je voulais me saouler, je voulais perdre la tête, dire des bêtises, et surtout que Paula soit saoule, qu'elle dise des bêtises, mais elle disait qu'elle n'avait pas bien digéré le repas, qu'elle avait des renvois, qu'elle avait encore la burrata sur l'estomac, comme une pelote de laine, elle a commandé du vin, elle ne l'a pas terminé, elle a regardé son téléphone, a soupiré, je lui ai dit de l'éteindre et elle m'a écouté, ensuite elle a commandé de l'eau pétillante, nous avons marché le long de la mer, elle s'est endormie en arrivant à l'hôtel, elle m'a donné un baiser de bonne nuit comme ceux que mes enfants me donnent quand je les mets au lit. Moi je me suis ouvert une bouteille de champagne tout seul sur la terrasse, en écoutant la brise remuer les palmiers, interceptant parfois le parfum de fleur d'un citronnier caché dans l'obscurité du jardin, regardant le reflet de la lune dans l'eau, et me disant à moi-même que tout est parfait, que j'ai enfin accompli mon ridicule et embarrassant rêve sicilien, je suis dans une scène silencieuse d'un film de Visconti, je suis un personnage de Giuseppe Tomasi di Lampedusa de retour de l'opéra, qui contemple seul dans la nuit le golfe de Palerme depuis le balcon d'un palais sur la mer, et après avoir bu une demi-bouteille, j'ai beau essayer, je ne peux plus sentir ni la mer ni le citronnier, un parfum de désodorisant d'hôtel me parvient et je comprends finalement que ce n'est pas moi qui suis là, mais une imitation non plus du personnage du roman, ni même de l'acteur qui l'incarne dans le film, mais du mannequin sur le poster de l'agence de voyages. Je suis un touriste exigeant qu'on lui donne ce pour quoi il a payé, et découvrant que la seule chose qu'on puisse acheter c'est un aperçu du scénario, mais qu'il est impossible d'en faire soi-même partie, d'y tenir le moindre rôle, il n'y a aucune pièce à jouer, rien ne se passe, ou plus terrible encore, je joue moi-même dans ma propre pièce et Paula dans la sienne, il n'y a ni victoires ni défaites, seulement deux monologues.

Nous avons eu de grands moments, mais nous n'avons pas atteint le jour parfait, malgré tout ce que nous avons économisé et planifié pour y parvenir, nous n'avons pas vécu cette journée de la même façon que Bill a vécu la sienne quand Meta le chasse à coups de raquette de cette table de ping-pong, ni comme Lou Reed quand il donne à manger à une chèvre au zoo après s'être allongé dans le parc et avoir bu une sangria certainement imbuvable. C'est maintenant, en voyant cette lettre, que je compte les jours passés avec toi, sept au total, et ils m'apparaissent comme des jours que je serais capable de dessiner, des jours parfaits, des jours non seulement mémorables, mais mémorisés, qui pourraient facilement donner lieu à un *morning paper*, comme celui de Faulkner. Sacré exercice pour un journaliste que d'écrire et dessiner un journal qui arrive trop tard, qu'on ne te livrera peut-être jamais, avec des nouvelles qui n'en sont plus. Mettons comme bande sonore à ce reportage graphique la chanson de Héctor Lavoe, *Períodico de Ayer* :

Ton amour est un journal d'hier
Que plus personne ne cherche à lire
Sensationnel à sa naissance tôt dans la matinée
Il est à midi une nouvelle confirmée
Et l'après-midi un sujet oublié
Ton amour est un journal d'hier.

J'ai choisi le troisième jour de notre rencontre de l'année dernière pour cet exercice de dessin. J'ai toujours aimé faire de petits dessins dans la marge de mes cahiers, mais je crois ne plus m'y être sérieusement exercé depuis que j'ai quitté l'école. Je compenserai ma maladresse par un peu de texte. Voici pour toi mon reportage du jour parfait.

1

Je ne crois pas avoir dormi plus de trois heures, pourtant j'ai sauté du lit frais comme après huit heures de sommeil. J'ai ouvert les yeux en pleine nuit et te trouver encore là, à côté de moi, m'a paru si incompréhensible, si irréel, que je n'ai pas réussi à me rendormir. Chaque nuit passée avec toi ça a été la même chose. Je t'observais toujours aussi incrédule, je me disais : elle est encore là, je suis encore là. Je t'écoutais respirer, je te prenais la main, je te caressais les cheveux, et le bonheur immense que je ressentais cédait parfois à un court instant de panique, seras-tu la même qu'hier, en te réveillant ? L'obscurité voilait ton visage, je croyais y voir une expression sereine mais il n'y avait pas assez de lumière. Le réveil est l'épreuve du feu, toujours, qui sait ce que tu auras vu en rêves, pensais-je, quels sentiments coupables viendront te parler à l'oreille, quelles peurs t'agiteront. On sait pertinemment depuis des années que la personne qui se réveille à tes côtés, en revenant à la vie, n'est pas la même que celle que tu as quittée aux portes du sommeil, tout a changé d'un coup, de l'insouciance avec laquelle elle s'est couchée nue, enlacée, alanguie par le plaisir, il ne reste rien. Avant que cette pensée ne s'empare de moi, je tentais de la chasser en me disant qu'il n'y avait aucune raison d'avoir peur, une autre journée tout entière avec toi allait bientôt entrer par la fenêtre, chargée de possibles, j'essayais de deviner ton corps enveloppé d'ombres, la faible lumière à travers les vitres dessinait à peine les contours de tes seins. Dans la chaude pénombre de la pièce flottaient l'odeur fraîche de ton corps, ton parfum, ma propre odeur. Sur l'écran noir de l'obscurité prenaient forme petit à petit tous les désirs que je comptais poursuivre en ce jour qui était sur le point de naître. Comment aurais-je pu me rendormir ? Je voulais voir ton corps sortir de l'ombre. J'ai attendu la première lueur, pâle et bleue, une lumière diffuse qui ne parvenait qu'à redonner un peu de volume à ce qui n'était jusque-là qu'une vague silhouette sur le lit, une lumière qui ne révélait pas encore les couleurs de ta peau, de tes cheveux, les centaines de taches de rousseur et de grains de beauté qui te recouvrent se confondaient encore en une grande tache bleue qui épousait peu à peu tes formes. Puis est arrivée une lumière orange, liquide, qui se répandait progressivement sur les murs de la chambre, soulignant les puissants contrastes entre les ombres noires projetées et les rayons de lumière. Cette lumière orange s'est mise à couler sur tes jambes, ton ventre, tes seins, qui, pareils à une colline au lever du jour, étaient divisés en deux versants, l'adret presque embrasé comme un feu, et l'ubac saturé d'obscurité, ton visage était encore dans l'ombre et tes cheveux sombres brillaient au premier rayon de soleil. J'ai pensé te prendre en photo, te voler un cliché de cet instant, il m'a été assez difficile de résister à cette indignité, mais je me suis finalement résolu à ne rien faire d'autre que te regarder pour que cette photo reste en moi. Au bout de quelques minutes, peut-être une demi-heure, une heure, j'ignore combien de temps, la lumière cette fois est devenue blanche et toutes tes taches de rousseur sont apparues, et ton visage enfin : tu souriais, tu avais ouvert les yeux. Bonjour, m'as-tu murmuré de très bonne humeur, et avant que j'aie eu le temps de te dire quoi que ce soit tu t'es jetée sur moi maladroitement et tu m'as embrassé, tu m'as mordu les lèvres jusqu'à me faire mal, j'en étais presque effrayé, puis tu t'es mise à rire aux éclats, et tu m'as dit en me griffant le dos “Je suis l’affreux *chupacabras*, qui te tue et te suce le sang”. Alors tous mes tourments nocturnes se sont éteints et j’ai su que tout, ce jour-là, pourrait être parfait.

On avait du mal à sortir de ta chambre d’hôtel. En réalité ce n’était pas une chambre, mais plutôt les confins de notre brève intimité. Un espace émotionnel où toute chose pouvait être avouée, où tout désir pouvait s’exprimer, où l’on pouvait tout imaginer, où toute caresse était admise, un lieu éphémère où nous nous dénudions toujours en entrant sans jamais cesser de nous dénuder : il ne suffisait pas de faire voir sa peau, il fallait tout montrer, tout raconter, ne manquer d’ouvrir aucun tiroir, tâter chaque obscurité. Cet espace d’intimité était si fragile, si vulnérable, il suffisait du regard de commère, de *cotilla* – toi tu dirais *chismosa* – du premier misérable venu pour le métamorphoser en scène de crime, en puits à fautes. Il suffisait que l’œil d’une lointaine connaissance perfore la membrane de cet espace pour sentir sur nous des milliers de regards en train de nous imaginer tels que cet œil connu disait nous avoir vus, et pour commencer à entendre le murmure des rumeurs.

Ouvrir la porte de ta chambre nous causait un mélange de terreur et d’audace, nous le faisions avec la discrétion d’un ninja. Au même étage était logé un autre professeur de ton séminaire, un type de Puebla, triste avec des lunettes rondes et une barbe sans moustaches, aux allures de pédéraste, disais-tu, un *creep*, cette barbe d'*amish* est un indice évident de penchants paraphiliques en tous genres, affirmais-tu en toute impunité. Tu l'avais rencontré lors d'un événement ou d'un dîner quelconque, tu ne savais plus très bien à quelle occasion, mais il t'avait clairement laissée entendre que vous aviez plusieurs amis en commun, il avait pris la peine de retracer toutes les connexions, il t'avait demandé l'amitié sur Instagram, il avait noté tous vos contacts en commun, il insistait pour que vous alliez boire quelque chose ensemble après les cours. C'était lui, l'œil qui te faisait peur, et en même temps, t'en cacher t'amusait, tu le vivais comme un jeu. La mienne, de peur, était plus forte, et n'avait rien d'un jeu : trois chambres après la tienne, dans la 418, guettait ma némésis, une grosse avec qui je partageais mon bureau au journal régional où j'avais travaillé à mes débuts. La bonne femme ne ratait jamais aucun événement professionnel, et encore moins le congrès d'Austin, c'était sa raison de vivre. Toi, son look insolite te fascinait, la fierté avec laquelle elle étalait son obésité par ces vêtements moulants aux couleurs stridentes, la taille de ses boucles d'oreilles, de vraies sculptures mobiles qui lui déformaient les lobes comme un bouddha. Dès le départ tu as remarqué que je l'évitais et quand j'ai fini par t'avouer que je la connaissais, cette histoire sordide a fait ton bonheur, tu me la réclamais tout le temps, tu t'étouffais de rire. Une fois que tu l'as sue, tu m'as torturé chaque fois que je voulais t'embrasser dans la rue en me disant "Attention, v'là la grosse !", alors je te lâchais immédiatement, le cœur prêt à rompre.

Toi tu es partie pour toujours, elle en revanche je n'arrive pas à m'en défaire : je croyais qu'on ne travaillerait plus jamais ensemble, mais elle vient d'être embauchée comme rédactrice sur les questions numériques et les nouvelles technologies dans mon journal, avant elle faisait les critiques télé et la rubrique people dans un magazine, et encore avant, quand je m'asseyais à deux mètres d'elle au journal de Santander où on a débuté, elle rédigeait les conseils de bien-être, même si à l'époque elle était déjà grosse comme une vache et fumait un paquet par jour. C'était du temps où les réseaux sociaux n'existaient pas et où les lecteurs ne pouvaient pas chercher sur internet des photos de l'experte qui leur expliquait sur ces pages bouche-trou comment vivre mieux et lequel des deux, entre la margarine et le beurre, les tuerait le premier. Il aurait suffi que fuite une photo d'elle au petit-déjeuner avec de la viennoiserie industrielle, des cigarettes et du Coca-Cola, pour qu'une crise d'opprobre irréparable oblige le journal à supprimer toute la rubrique. Je t'ai déjà raconté que la bonne femme faisait une fixette sur moi (quel prétentieux, me disais-tu), et je crois que ça continue – elle est la première à liker le moindre truc que je partage, la première à voir mes stories, parfois j'ai l'impression qu'elle like avant même que j'aie publié un contenu.

Mais toi, ce que tu veux, c'est que je te raconte une fois encore le jour de sa victoire sur moi, c'est ça qui te faisait rire, que la fille m'ait baisé dans les toilettes d'un karaoké, il y a mille ans, à la fête de Noël de la boîte où j'étais dans un tel état que j'ai fini par vomir dans un taxi. Chaque fois que j'entends la chanson d'Édith Piaf, *Non, je ne regrette rien*, je ne peux pas m'empêcher de repenser aux choses que je regrette dans la vie, et la première qui me vient à l'esprit c'est le peu de souvenir que je garde de cette scène décadente. Depuis ce jour-là, elle m'a toujours regardé avec un sourire coquin et légèrement impertinent, où je lis tout un tas de phrases qu'elle ne m'a jamais dites avec des mots, mais qu'elle n'a cessé de me répéter avec les yeux : je connais ton secret, toi qui joues le beau mec inaccessible, qui exhibes sur Instagram la beauté de ta femme et de tes enfants comme un trophée, qui me dis à peine bonjour, qui ne m'accordes pas plus qu'un haussement de sourcils quand tu ne peux éviter de me croiser, qui ne me suis même pas sur les réseaux sociaux malgré tous les commentaires que je fais sur les tiens, ô toi, oui, toi, celui-là même qui a chanté en duo avec moi une chanson de Rocío Jurado en passant un bras autour de mes épaules, celui que j'ai baisé assis sur des toilettes sales qui baignaient dans l'urine, à une fête d'entreprise, avec les gens qui tambourinaient à la porte, celui qui a léché mon double menton et a plongé en apnée entre mes seins et de ses sourcils a recueilli les perles de sueur de mon décolleté. Oui, je connais ton secret. Et tu le sais.

Combien n'a-t-on fait de trajets de métro, de séances au club de gym, de dîners au restaurant, de promenades estivales, dont on retient l'image de rencontres fugaces avec des inconnus que l'on croise et sur lesquels on fantasme pour quelques secondes jusqu'à ce que leurs traits s'évanouissent comme un rêve qu'on oublie au réveil, et voilà que pour finir, la seule chose qui nous arrive, c'est un chapitre de baise opportuniste sous alcool dans un coin puant avec quelqu'un qu'on préférerait ne jamais revoir et qu'on est condamné à recroiser encore et encore. Puis tout à coup arrive le jour où le fantasme devient enfin réalité, où nous échappons pour un moment à l'ennui de notre existence, et qu'il nous est donné de vivre quelque chose de plein, de beau, avant de constater que juste à côté, dans la 418, se trouvent le souvenir de notre pire bassesse et cet œil, qui surgit partout constamment pour nous dire “Je connais ton secret”.

J’étais terrifié à l’idée de sortir de ta chambre et de tomber sur elle en train de quitter ou d’entrer dans la sienne, de lui procurer le plaisir de connaître un autre de mes secrets, et redonner ainsi du lustre à l’éclat impertinent de ce sourire avec lequel elle répond à mon furtif haussement de sourcils. Ce matin-là je t’ai demandé de passer une tête dans le couloir pour voir si je pouvais rejoindre ma chambre, et toi, d’un air effrayé tu m’as dit “Elle est là !”, puis tu t’es mise à rire comme une folle, et tu m’as demandé de te chanter à toi aussi la chanson de Rocío Jurado.

2

Tu prenais du yaourt aux fruits en me regardant exaspérée dévorer mon assiette de ce que les gringos appellent *breakfast taco* et que tu te refuses toujours à appeler taco avec la même intransigeance que les gens d'extrême droite refusant d'appeler mariage l'union entre deux hommes. Mais pour moi, cet enroulé plein d'œufs brouillés au fromage, de piments *jalapeños*, de haricots rouges et de tout ce que tu voudras, c'est le bonheur. Je viens d'un pays où nous déjeunons et nous dînons, j'ai l'impression, mieux que nulle part ailleurs, mais le petit-déjeuner y a toujours été une désolation de petits gâteaux avec du lait, de pain au beurre et de café filtre, une tristesse dont on ne peut se remettre qu'en s'échappant du travail à 11 heures pour prendre un sandwich, un churro ou une bouchée de tortilla.

Le problème, Camila, c'est de comparer. Il ne faut jamais comparer, on ne compare que pour faire un choix, pour établir que telle chose est supérieure à telle autre. La comparaison gâche toujours le plaisir, la capacité d'apprécier les choses pour ce qu'elles sont et au moment où elles nous arrivent. J'évite de comparer le *breakfast taco* avec les tacos que j'ai plus d'une fois goûtés dans ton pays et que tu invoques chaque fois que j'appelle taco le *breakfast taco*, car si je comparais, ce petit-déjeuner avec toi que j'ai tant savouré n'aurait pas eu si bon goût. Je n'ai pas non plus comparé la poussive version de *You Ain't Goin' Nowhere* que nous jouait ce groupe local au White Horse avec celle en live de The Band, grâce à qui j'ai appris cette chanson il y a presque trente ans, je ne voulais pas confronter les deux versions et constater les défauts et les faiblesses de celle qui ce jour-là me faisait danser collé à toi. De la même façon que j'évite de te comparer à Paula, et que tu évites, je l'espère, de me comparer à ton mari, celui qui en ce moment même se promène sûrement avec toi, ici dehors, et que j'espère ne pas croiser, pour ne pas à mon tour me comparer à lui.

C'est un truc que m'a appris à New York un de tes compatriotes, un écrivain que j'ai interviewé il y a longtemps et avec qui on est instantanément devenus amis, le type s'est saoulé pendant l'interview, il voulait avoir de la compagnie dans sa saoulerie et m'a traîné dans l'ancien restaurant Don Quixote qui se trouvait au pied du Chelsea Hotel, sorte de parodie involontaire du tout *typical Spanish*, Quichotte, danseuses de flamenco, moulins, taureaux... Le menu proposait une paella méconnaissable faite par des aides-cuisiniers mexicains et portoricains sous les ordres de chefs d'Oklahoma, dont aucun n'avait jamais dû mettre les pieds en Espagne, ou peut-être bien que si. J'ai essayé par tous les moyens de l'emmener ailleurs, en vain, ensuite j'ai voulu refuser de commander cette paella et ces calamars, au prétexte que tout aurait inévitablement pour moi un goût dégueulasse, alors le *chilango* d'origine *Distrito Federal* certifiée m'a attrapé par le col de la chemise et m'a fait commander la moitié des plats au menu supposés typiquement espagnols, puis m'a dit que ma plus grande erreur était de comparer, que ce restaurant était à lui seul une pure invention, joyeusement inspirée des clichés d'une Espagne fantasmée, et que la nourriture qu'on y servait était aussi une invention inspirée de ce qui se mange en Espagne, on conservait les noms des plats espagnols, on les servait dans des cassolettes en terre cuite, mais ça s'arrêtait à peu près là, ici, tout n'était que fantasme, tout comme la *Carmen* de Bizet est une Espagne fantasmée chantée pour les Français, le *Romeo* de Shakespeare une Vérone fantasmée écrite pour les Anglais, et le *Scarface* d'Al Pacino une Cuba fantasmée tournée pour les gringos, et tout cela est absolument merveilleux, "Profite de ce fantasme et cesse de le comparer à la paella que ton oncle cuisine le dimanche". Alors j'ai arrêté de comparer et j'ai profité du dîner, même si c'était peut-être uniquement dû au fait que j'avais rejoint son taux d'alcool en moins d'une heure et que tout ce qui transitait par ma bouche ne me faisait ni chaud ni froid.

Ne compare pas. Je me le répète sans arrêt depuis ce soir-là, je suis plus heureux quand j'y arrive, mais ça ne marche pas toujours. Pour éviter de comparer il est nécessaire d'avoir à sa portée – ou de posséder – les deux choses susceptibles d'être comparées, un disque des Stones et un autre des Faces, une Triumph et une Harley, un soleil d'automne et un soleil de printemps. Sachant à présent que je ne te reverrai plus, et que je ne peux plus avoir deux choses à la fois, je suis terrifié à l'idée de tout ce que je pourrais être tenté de comparer.

3

Sur les chaînes de télévision en libre accès, le pic d'audience de la journée se dit "la minute d'or" et correspond habituellement au moment fort de l'émission la plus populaire du prime time. Avant l'arrivée des plateformes de contenus, je regardais tous les matins les chiffres d'audience et identifiais la minute d'or du jour. Je trouvais ça fascinant : l'aveu d'infidélité d'une star dans une émission people, un goal de la sélection, un candidat de la *Nouvelle star* ou de *The Voice* éliminé, la scène de la série où, après une centaine d'occasions manquées, la fille et le garçon s'embrassent enfin. Il m'arrive souvent de penser à la minute d'or de ma journée, de mon été, de mon week-end. Je pose la question à mes enfants après chaque sortie, chaque voyage, chaque épisode supposé marquant de leurs vies : quelle a été votre minute d'or ? En général ce n'est pas clair pour eux, ils ont du mal à en choisir une plutôt qu'une autre. Alors je leur facilite la tâche en leur disant de sélectionner trois ou quatre candidats pour la minute d'or et là ils commencent à se remémorer leurs meilleurs moments, à les transformer en récits. Désormais ce sont eux qui me demandent, après chacun de mes voyages, chaque festivité, chaque séjour, quelle a été ma minute d'or.

J'avoue que de moi à moi, je dirais que ça a probablement été la balade matinale sur le Lady Bird Lake. Nous marchions au bord du lac, à la recherche d'un kayak ou assimilé à louer, car tu t'obstinais à dire que les amoureux doivent ramer sur un lac paisible, au printemps, qu'il te fallait cette scène cliché pour compléter ton album mental de souvenirs romantiques. Une petite barque à rames, me disais-tu, est un véhicule désespérément lent, besogneux, ennuyeux, et ne devient une expérience enviable qu'à condition d'être partagée avec la personne que tu aimes, alors elle permet de s'isoler, de flotter doucement, bercés par l'eau : y a-t-il meilleure façon de passer une matinée ensemble ? Tu t'es souvenue de cette brève comptine que tu m'as remise en tête en chantant *"Row, row, row your boat, gently down the stream, merrily, merrily, merrily, life is but a dream"*. En réalité elle n'a rien d'une chanson enfantine. Quelle idée d'enseigner à un enfant que la vie n'est qu'un rêve, disais-tu. Nous en avons discuté pour savoir si c'était un bon conseil, ou un conseil cruel, et nous avons seulement convenu que c'était la bonne chanson pour ce matin-là.

Quand nous sommes arrivés au point de location de bateaux et que tu as vu parmi les canoés et les kayaks le pédalo en forme de cygne, ton visage s'est illuminé, son aspect ridicule t'a fait rire. "Incroyable ! as-tu crié. La barque de Lohengrin ! Ici, en plein Texas !" Tu m'as pris fermement par le bras, m'emmenant jusqu'à elle, et tu m'as dit tout excitée qu'il fallait qu'on prenne ce cygne, qu'il n'y avait pas d'hésitation à avoir, et avant même qu'on soit montés dessus tu as commencé à m'expliquer ce qu'était un cygne, ce saint patron des snobs et des phraseurs, à la fois symbole de la monogamie et d'un Zeus lascif qui se déguise pour séduire la reine Leda en cachette de son mari, et tu m'as raconté l'histoire de Lohengrin, étonnée d'apprendre que je n'avais pas la moindre idée de ce qu'était la légende du chevalier au cygne, et que je n'avais même pas eu la curiosité d'écouter l'insupportable opéra de Wagner, tu m'as dit que le chevalier Lohengrin était apparu un jour sur une barque en tous points identique à ce pédalo, remorquée par un cygne, pour conquérir Elsa, une dame dans l'embarras, dont il gagne l'amour et avec laquelle il restera à condition qu'elle ne lui demande ni son nom ni d'où il vient, et que nous pourrions à bord de ce pédalo être pour un moment tous ceux-là à la fois : Lohengrin, Leda, Zeus, Elsa. Moi je goûtais, grisé, tes développements raffinés sur la moindre chose que l'on croisait en chemin, petite ou grande, sur un taco, un pédalo en forme de cygne, un obèse passant sur un Segway… J'étais heureux chaque fois que tu me faisais imaginer ce que j'étais incapable de voir dans tout ce qui se présentait à nous, la réalité s'amplifiait, elle gagnait en profondeur et je pouvais être tant de choses pour toi comme toi pour moi.

Nous avons loué le pédalo et dérivé vers les rives touffues à l'écart, nous avons croisé des férus de pêche et de vaillants rameurs, jusqu'à trouver une cachette dans un coude de la rivière, sous l'ombre des arbres qui déployaient leurs branches comme des rideaux sur l'eau, j'ai commencé à t'embrasser sous le regard jaune des quiscales, tu m'as pris la main et l'as portée à la dérobée vers ton entrejambe, j'ai pu voir le plaisir se dessiner discrètement peu à peu sur ton visage, et tes efforts pour dissimuler l'expression qui finissait en une moue incontrôlable, tu fermais les yeux et te mordais les lèvres, entre les ailes en plastique de ce cygne. Quelle estampe. Tu étais hardiment ouverte au plaisir n'importe où, à n'importe quelle heure, de n'importe quelle façon, *in the mood*, mais il n'y eut rien de plus osé que cette scène sur un cygne en plastique, cette version texane de Leda en pédalo, qui me rend visite si je me masturbe et me fait me masturber si je l'évoque, et il en sera ainsi des années et des années durant, car dans ce qu'il nous reste à vivre, combien de scènes encore peuvent-elles se produire qui s'enracinent pour toujours dans notre imagination, comme un arbre d'où ne cesse de fleurir le fruit du désir.

4

Sur ce dessin, c'est moi en train de faire passer le temps dans mon congrès de journalisme numérique, tweetant un truc suffisamment intelligent pour me servir d'alibi et témoigner de mon immense intérêt renouvelé pour l'événement auquel j'assiste pour la deuxième année consécutive. En réalité je tente de survivre à l'immense angoisse de la séparation que je ressens tandis que tu donnes ton séminaire d'architecture mexicaine contemporaine. Je me dis qu'il doit être amusant, ton cours, même si tu ne parles que d'écrous, de tournevis et de matériaux de construction, tu sais raconter les histoires, personne ne doit s'ennuyer avec toi. Par moments je suis immensément jaloux de tes élèves, qui me volent trois heures de toi, qui n'ont même pas idée de ce que vaut une heure avec toi. Je t'écris des *coplillas*, chansons en vers érotiques, pornographiques, célébrant tes seins couverts de taches de rousseur, ton éclat de rire, tes odeurs, et t'annonçant tout ce que je compte te faire dès que je t'aurai récupérée.

Un jour dans ma vie, j'aurais voulu avoir été poète. J'ai manqué de courage, de persévérance, et probablement de talent – si tant est que le talent soit autre chose qu'un mélange de courage et de persévérance. Pour ce qui était d'écrire, je ne m'en sortais pas trop mal, ça je l'ai su dès l'adolescence, et je savais aussi que de toutes les personnes qui écrivent, les plus près de toucher le ciel sont les poètes, mais en général ils ne parviennent à rien toucher d'autre que du vent alors que moi je voulais avoir de belles motos, des enfants, des dîners au restaurant, voyager, ne pas être entretenu. Apparemment, j'ai désiré tout cela plus ardemment que la poésie, ce qui explique que je sois devenu journaliste, le niveau le plus bas et superflu parmi ceux qui vivent de leur plume, et au stade où j'en suis, je n'ai pas non plus de quoi faire beaucoup de dîners, ni beaucoup de voyages, et dépends chaque jour un peu plus de ma femme, sans avoir ne serait-ce que la satisfaction vaniteuse et inutile de savoir que ce que j'écris va perdurer. Crois-moi, j'ai raté l'occasion de changer le cours de ma vie en effaçant ces *coplas*, tous ces couplets enfiévrés que je t'envoyais en attendant que tu finisses tes cours pour te retrouver, j'aurais pu en noircir un livre entier. Ils me venaient presque automatiquement, je ne me censurais jamais étant donné que tu célébrais toi-même les plus crus, leur grossièreté te faisait rire aux larmes, tu en redemandais encore et des pires, obscènes si possible, et dès qu'on se retrouvait je devais te les réciter car, disais-tu, pour que l'expérience soit totale il fallait les entendre avec cet accent castillan si solennel, et une fois que je te les avais répétés trois ou quatre fois, tu les effaçais pour toujours et me demandais d'en faire autant. Mieux valait les faire disparaître, disais-tu, ces vers étaient pour toi un délit bien plus grand qu'une infidélité, on y détectait ma connaissance intégrale de chaque centimètre de ton corps, on en déduisait le manque absolu de limites de ton désir, mais le plus terrible était de constater que ces couplets étaient le fruit naturel d'un terrain d'humour privé et exclusif, qui comme tous les terrains d'humour privé naît de longues conversations où grandit la complicité des âmes.

Je t'envoyais mes *coplas* les unes après les autres, comme quelqu'un qui empilerait des bûches pour un grand feu, elles s'accumulaient dans ton portable sans être lues, et je ne faisais qu'attendre la notification indiquant qu'elles avaient toutes été vues, c'était le signe que tu avais rallumé ton téléphone, que ton cours était terminé, et j'attendais anxieux ta réponse, les lire toutes te prenait un certain temps, au bout d'un moment tu envoyais un long *Hahahahahahahahahahahahahahahahaha* accompagné de lignes entières d'émoticônes de têtes qui rient aux larmes, de têtes qui rougissent, d'une femme cachant son visage dans ses mains, puis tu me disais *Viens me les déclamer immédiatement*.

J'allais te ramener un livre en cadeau, d'ailleurs je te l'ai acheté, mais après ton message d'adieu je l'ai laissé chez moi dans la bibliothèque. C'est mon libraire de confiance qui me l'a trouvé quand je lui ai demandé un livre de poésie érotique. C'est un recueil écrit à l'origine en sanscrit il y a des siècles, attribué à un certain Bilhana. Il raconte la légende d'un type arrivé du Cachemire à la cour médiévale d'un maharaja qui l'emploie comme précepteur particulier de sa fille unique. Sa mission était de lui fournir une solide formation théorique pour faire d'elle une princesse, et les arts de l'amour étaient alors une science importante. Bilhana ne tarda pas à passer de la théorie à la pratique, et tous deux s'adonnèrent entièrement aux plaisirs de la chair. Les espions de la cour les surprirent, et le maharaja condamna Bilhana à mort par empalement, une exécution sur la place publique, c'était la moindre des choses. Pour atteindre l'échafaud il fallait monter cinquante marches, à chacune d'elles Bilhana s'arrêta et récita par cœur une de ses poésies. Des vers d'un érotisme sauvage, violent, et en même temps élégant et sensible, pleins de belles images mettant en scène un corps qui se livre, qui récupère après le sexe, qui s'y prépare à nouveau, on n'y trouvait rien de grossier – rien à voir, décidément, avec la vulgarité de mes *coplas*. Chacun de ces cinquante poèmes commençait à peu près de la même façon : aujourd'hui encore je me rappelle comme, aujourd'hui encore je pense à, aujourd'hui encore je vois à quel point… Apparemment, une fois qu'il eut terminé de réciter le dernier poème sur la dernière marche, le maharaja, émerveillé par tout ce qu'il venait d'entendre, par la sincérité qui en émanait, pardonna au poète et le maria à sa fille.

Après avoir lu le livre, j'en ai conclu que dans une situation semblable j'aurais fini empalé sans aucun recours, ma mémoire me suffit à peine à réciter une ou deux des *coplas* que je t'ai écrites, et puis à les entendre, le public à mon exécution aurait eu honte pour moi. Si j'avais été capable de les mémoriser, qui sait, une fois parvenu à l'échafaud, et après avoir entendu cinquante de mes ridicules couplets, l'assistance se serait peut-être mise à rire aussi outrageusement que tu le faisais toi-même, car au fond, si nous méritons une seule grâce ou indulgence, c'est au nom de toutes les fois où nous nous sommes fait rire l'un l'autre. Il y eut plus d'humour que d'érotisme entre nous.

5

Micklethwait Craft Meats était bien classé sur toutes les listes de restaus-grills d'Austin. Aucune ne l'incluait dans le top 3, il n'y avait donc pas les quatre heures de queue ridicule du Franklin's, ce qui ne l'empêchait pas d'être si bon qu'on avait du mal à croire qu'il puisse rien exister de meilleur. Sans compter que l'endroit possédait un de ces coins miteux, laissé à l'abandon mais accueillant, qui fait authentique, à savoir une vieille roulotte, comme les restes d'un naufrage, échouée sur les herbes sauvages qui pointaient sous son ventre telle la moisissure recouvrant la quille d'un vieux bateau, quatre tables de pique-nique en bois, avec bancs intégrés qui couraient sur les quatre côtés, et l'ombre abondante d'une demi-douzaine d'arbres touffus dans un cul-de-sac à la limite entre la zone résidentielle et le terrain vague, un coin qui aurait pu servir de cachette à l'assassin d'un film d'horreur ou de refuge loin des adultes aux protagonistes adolescents d'un film *indé* pour s'embrasser enfin.

Le barbecue texan est l'unique apport gastronomique incontournable des États-Unis. Célébrons ces côtelettes qui collaient aux doigts et se détachaient sans effort d'une pièce de viande cuite pendant dix-huit heures (nous a-t-on dit) ainsi que ce *brisket* qui s'effilochait, n'était que graisse, fumée, sel et poivre. La simplicité avec laquelle on nous a servi ce délice sur un bout de papier kraft, avec des cornichons et ces spongieuses tranches de pain de mie non toasté qui absorbaient les jus, le tout préparé pour être mangé avec des mains qui garderaient l'odeur de barbecue jusqu'à ce que nous nous soyons douchés. On y mangeait là où on pouvait, nous nous sommes serrés à la table de pique-nique, coude à coude avec le premier venu, tatoué dans le cou et une barbe jusqu'au nombril.

Toi tu m'interrogeais sur tous les restaurants où tu voulais aller en Espagne, et tu me parlais de tous ceux que je devais découvrir au Mexique, et moi je te dis qu'on n'aurait jamais aussi bien mangé que dans ce restau-grill. Je me fais rire tout seul quand je pense à ce que j'ai pu payer pour qu'un chef étoilé m'offre une *expérience totale* qu'il a perfectionnée pendant des années au millimètre près, de l'éclairage à la vaisselle, et voilà que tu atterris par accident dans cette roulotte où l'expérience a été rigoureusement bâclée dans le moindre détail, de l'absence d'éclairage à l'absence de vaisselle, et c'est là, précisément, où tu oublies tout le reste dès la première bouchée, où tu accèdes enfin à cette expérience à côté de laquelle je suis si souvent passé dans tous ces restaurants de Madrid, de Catalogne, du Pays basque qu'il ne faut soi-disant rater à aucun prix avant de mourir.

Je me demande si, tout seul, cette côtelette dégoulinante aurait eu le même goût, ou si le plaisir ne s'était pas démultiplié du fait d'être avec toi, de te voir dévorer des deux mains, sucer les côtelettes jusqu'à les faire briller, poussant des hummms et des hoooos sans vergogne en mâchant le gras du *brisket*, tandis que tu te tachais de sauce jusqu'au nez et aux joues, piétinant triomphalement cet idéal du dîner romantique à une petite table pour deux, avec *maître*, nappe et chandelles, qui à l'instant même me fait tellement horreur, parce qu'il nous oblige à la quête du bonheur et à faire de ce dîner-là une soirée vraiment spéciale qui finit presque toujours en défaite absolue. Tu le constates chaque fois que tu entres dans un bon restaurant : il y a toujours des tables de deux où de vieux couples s'efforcent péniblement de trouver un sujet de conversation, quand les plats arrivent, ils les commentent les uns après les autres aussi longtemps que chaque plat veut bien se prêter à leurs commentaires, d'un coup le silence revient, ils discutent ensuite pour savoir s'ils commanderont une deuxième bouteille et s'abandonneront à l'alcool – ce qui est la meilleure solution, voire la seule – ou s'ils s'abstiendront une fois la première terminée et accepteront alors tacitement le silence. Au bout du compte, on paie des sommes absurdes pour ce genre de torture, on rentre chez soi en se disant que la mascarade est enfin terminée, et avec un peu de chance, on tire un coup qui dure au mieux sept minutes. L'idéal du dîner romantique est une vaste arnaque, pourtant, nous essayons d'importer de chez les gringos la Saint-Valentin, la soirée la plus triste de l'année dans les restaurants étasuniens.

Nous-mêmes, dans les abominables suppléments de journaux, publions sans cesse et toujours le même article conseillant un dîner romantique de temps en temps pour raviver la passion dans le couple. La grosse de la 418, qui jamais n'a été mariée, a bien dû écrire cinquante fois le même article dans tous les suppléments et toutes les rubriques bouche-trou possibles et imaginables, donnant des conseils cruels et stériles à tout-va, car même elle connaît déjà l'issue de ces dîners romantiques à la lumière d'une bougie.

Ce qui est certain, c'est que personne ne sait comment raviver la passion dans le couple, c'est sûrement par ailleurs une très mauvaise idée, le monde ne serait pas ce qu'il est si une quelconque solution au problème était connue. Ce serait probablement un endroit insupportable, infesté de préservatifs usagers, où nous serions tous surexcités comme des bonobos et incapables de nous occuper de nos enfants, de surveiller des réacteurs nucléaires, de faire des greffes, de poser des briques bien alignées. Comme tu le sais sûrement mieux que moi, passion et pathologie ont la même racine grecque, *pathos*, qui signifie souffrir, de telle sorte que pour un grec ancien, raviver la passion devait vouloir dire raviver la souffrance, équivalant de toute évidence à un comportement pathologique. Pourtant nous le désirons furieusement, avec nostalgie et avec la même impuissance que celle du prisonnier qui désire sortir dans la rue, mais y parvenir n'est pas en notre pouvoir, du moins pas dans notre couple, pour ça, il faut qu'il nous arrive quelque chose, perdre un proche, se faire licencier, tomber malade, avoir sa maison incendiée, survivre à un accident, tout perdre, nous trahir mutuellement, prendre de l'ayahuasca, de l'ecstasy, des traitements hormonaux, manger avec les mains entourés de gros barbus tatoués dans le cou, ou tout cela à la fois, qui sait. Mais un dîner romantique, c'est sûr, ça ne sert à rien.

6

Après le restau-grill, nous déposions à nouveau notre poids augmenté sur ce matelas d'hôtel que nous avions tant de mal à quitter et auquel nous retournions avec tant de bonheur. Les matelas d'hôtel sont des objets inspirants. Chaque fois que je m'y couche je ne peux éviter de penser à toutes les personnes qui avant moi ont sur eux fait ce voyage quotidien de l'obscurité à la lumière. Je pense à toutes les insomnies, tous les cauchemars, les pleurs, les désirs ardents et les rapports sexuels qu'ils ont supportés. Pas de doute, on désire davantage sur les matelas d'hôtel, sur eux, on est loin de chez soi, autrement dit loin d'une possible irruption de tes enfants à tout moment dans la chambre, loin de l'obligation de préparer le petit-déjeuner à ta famille ou d'avoir à le débarrasser, loin du regard blasé de ton partenaire préférant vérifier les nouveaux messages reçus sur son portable que de te dire bonjour. Sur eux, on peut s'inventer qu'on s'est bien aimés, le matelas d'hôtel est en effet si souvent le dernier espoir des couples usés pour récupérer un peu de ce qu'ils ne trouvent plus sur le matelas de la maison. Je me demande ce que ce matelas dirait de nous s'il pouvait parler ; aurions-nous mérité de figurer dans son histoire tumultueuse ou y serions-nous une simple note dans la marge ?

Je t'ai proposé de découper quelques minuscules morceaux de ce matelas, en souvenir et comme fétiche, mais l'entreprise t'a semblé compliquée, nous n'avions aucun instrument de coupe de précision et tu craignais que je finisse par éventrer ton matelas si je me servais du couteau du meuble de bar, d'avoir à le repayer ensuite, et d'être en plus obligée de donner des explications sur les causes de l'incident.

J'ai compté tous nos coïts, j'en tenais le compte journalier et ressentais un besoin impérieux de le proclamer à la face du monde. Comme je n'avais personne à qui le raconter, c'est à toi que j'ai fini par dire : que la veille j'avais battu mon record quotidien sur ce matelas et que j'espérais bien le battre encore le jour même. Tu m'as regardé avec un soudain mépris "Ha toi Luisito, tu tiens le compte de toutes les fois où on a baisé comme un ado, tu cherches à battre des records comme si c'étaient les Jeux olympiques et puis quoi encore, tu vas courir le raconter à tes potes ?". Tu m'as dit ça et j'ai cru que toute la journée était gâchée, à cause de mon obsession à vouloir tenir les comptes du plaisir. J'ai tenté de te l'expliquer, ce qui m'étonnait en réalité ce n'était pas la prouesse physique, mais plutôt cette propension réciproque au contact intime, cette manière du corps ouvert à l'autre à tout moment, et ce désir constant d'être l'un dans l'autre, collé à l'autre, peau contre peau, bouche contre bouche, main contre main, cheveux contre cheveux, incapables de cesser de se toucher en public comme en privé. Un état érotique que j'avais totalement oublié.

Ces amoureux passionnés, esclaves du *pathos*, je les ai toujours dits *pathétiques*, j'aime les interpeler de la sorte : et voilà le grand pathétique, racontez-nous un peu votre pathétique aventure, faites-nous baver, nous autres pauvres mariés qui nous traînons comme des escargots sur un interminable plateau émotionnel, parlons des cimes, des abîmes que vous avez atteints à dos de matelas. Et les pathétiques qui ne parlent pas mais proclament, chantent la gloire de leurs coïts : jamais sur aucun matelas les corps et les esprits ne se sont unis avec tant de fougue, tant de passion et d'amour que les leurs. Ils sont pareils à ces êtres incomplets que décrit Aristophane dans *Le banquet* de Platon, qui cherchent leur moitié et qui, après l'avoir trouvée, ne peuvent plus s'en séparer, mourant de faim et d'extrême inanition car ils ne font rien séparément l'un de l'autre.

Ils ne jouent pas au même jeu, tu ne peux pas comprendre de quoi ils parlent, c'est comme celui qui te répond, quand tu l'interroges sur les effets d'une drogue ou la saveur d'un mets délicieux auxquels tu n'as pas encore goûté, qu'on ne peut le décrire avec des mots, qu'il faut le vivre. Sa façon de faire l'amour est tellement unique et spéciale, pense le pathétique comme le jeune père face à son premier bébé, l'un et l'autre me mettent tout aussi mal à l'aise quand ils me parlent de leur absolue singularité.

Les pathétiques te regardent même avec pitié, tu ne parles pas le langage de la passion, tu es incapable de comprendre ou de mesurer l'importance de ce qui leur arrive. C'est insupportable. Ils ne te croient pas quand tu leur montres là où s'achèvent une à une toutes les passions qui ne se terminent ni par la mort, ni par le poignard de Juliette ou la vipère de Cléopâtre. Tu es presque content, les années passant, de les voir en arriver à l'un de ces prévisibles dénouements, le bébé et les cernes, le cours de danse de salon pour tenter de raviver le feu initial, l'escapade romantique, la silencieuse table pour deux dans un restaurant de luxe. Il y a un poème de Yeats, *Ephemera* ("éphémère"), qui le raconte de la façon la plus kitsch et épouvantable qui soit, produisant son effet grâce aux images les plus ouvertement automnales et pathétiques. Je l'envoie cruellement à toute personne qui, convaincue de l'immortalité du sentiment qui la consume, me chauffe les oreilles avec le récit de sa passion :

"Tes yeux qui autrefois n'étaient jamais las des miens
Sont penchés dans le chagrin sous tes paupières baissées
Parce que notre amour décroît."

Elle dit alors :
"Même si notre amour décroît, restons
Près du bord solitaire du lac une fois encore,
Ensemble, en cette heure de douceur
Où la pauvre enfant lasse, Passion, s'endort.
Que les étoiles semblent lointaines, et lointain
Notre premier baiser, et oh, que mon cœur est vieux !"

Ils marchaient, pensifs, parmi les feuilles mortes,
Et lui tenant la main, lentement il répondit :
"La passion a usé notre cœur vagabond."

Les bois les encerclaient, les feuilles jaunes
Tombaient dans l'obscurité, pâles météores ; soudain

Un vieux lapin boiteux descendit le chemin,
Entouré par l'automne. Et alors ils restèrent
Sur le bord solitaire du lac une fois encore.
Il se tourna vers elle et vit les feuilles mortes
Qu'elle avait ramassées en silence, humides comme ses yeux,
Et mises sur son sein, dans ses cheveux.

"Ah, ne va pas souffrir, dit-il,
De cette lassitude : d'autres amours nous attendent.
Continue de haïr et d'aimer dans le temps sans plainte.
L'éternité est devant nous ; notre âme
Est amour, et un perpétuel adieu."*

Mais quand c'était à mon tour de t'aimer à l'heure de la sieste sur le même matelas où je m'étais réveillé en t'aimant et où j'espérais me coucher en t'aimant encore, et que je n'étais plus qu'un instrument aux mains de la nature, la différence devenait si mince entre moi et tous ces pathétiques que j'ai toujours méprisés. Enfin je parlais leur langue, enfin je les comprenais, pourtant je les voyais tous comme des imposteurs comparés à moi, car dans ces

* "Éphémère", *in* W. B. Yeats, *Les errances d'Oisin*, Paris, éditions Verdier, 2003. Traduit de l'anglais et préfacé par Jacqueline Genet, François Xavier Jaujard et Jean-Yves Masson.

moments-là il n'y a qu'une seule et unique vérité, la nôtre, et elle ne souffre la compagnie d'aucune autre. Pose donc la question à ce matelas, qui, s'il pouvait parler, n'aurait su raconter meilleure histoire que celle que nous faisions sur lui. Le matelas nous applaudissait, oui, et se disait que jamais il ne serait témoin d'une chose pareille, ni lui ni aucun autre matelas de cet hôtel ni de la terre entière. Finalement, j'étais le plus déplorable des pathétiques.

Face à une personne anorexique on peine à comprendre comment elle peut se voir grosse dans le miroir, alors qu'à l'œil nu elle est réduite à un sac d'os. Jamais il ne pourrait m'arriver une chose pareille, me disais-je, une distorsion aussi radicale de mon autoperception. Mais l'amoureux passionné n'est pas si différent dans son égoïsme : quand il met sa vie devant la glace il ne voit plus ni sa maison, ni ses enfants, ni son couple, ni son travail. C'est pourquoi il est capable de miser tout ce qu'il possède dans la vie, enfants, maison, couple, pour satisfaire le besoin impérieux d'envoyer un WhatsApp érotico-câlin à 3 heures du matin à quelqu'un qu'il connaît seulement depuis sept jours et qu'il finira probablement par haïr dès l'instant où il perdra tout par sa faute. C'est moi tel que je suis à présent, voilà à quoi cette passion m'a réduit, et le pire c'est que je ne veux pas guérir, car vivre sans passion ne me donne plus l'impression de vivre, mais d'être simplement de passage, à compter les jours, attendant que quelque chose se passe, qu'arrive le vendredi, l'été, qu'on me confie un reportage dans une ville exotique, que Paula soit de bonne humeur, que mon fils marque un but le samedi matin, que Carmen me demande de lui faire des guilis, qu'un ami m'appelle pour aller dîner, que n'importe qui m'appelle pour me dire qu'il s'est passé quelque chose, que quelqu'un est mort, que quelqu'un s'est enfui avec quelqu'un d'autre, que quelqu'un s'est fait mettre à la porte de chez lui.

Ils vont me manquer ces jours avec toi, ces sept jours de ces dernières années, où chaque seconde se suffisait à elle-même, où l'on n'attendait rien d'autre que ce qui nous arrivait, je n'en demandais pas plus, j'en oubliais ce qui se produirait dans une heure, dans une semaine, dans un an, dans la vie tout entière, il n'existait pas d'autre monde que celui que j'avais sous les yeux.

7

C'est important le déguisement. L'étiquette. Ça nous permet d'être quelqu'un d'autre, nous met en condition pour l'événement, le singularise, nous donne l'occasion de préparer un rituel, de rendre un jour comme un autre solennel, d'en faire un moment spécial, ça nous fait parler autrement, essayer de nouveaux mouvements, accéder à un autre moi possible. J'ai une profonde aversion pour les gens qui méprisent les costumes, les cravates, la soutane, la mitre, le smoking, et qui s'habillent pareil en toute circonstance pour souligner leur naturel, leur authenticité. L'Espagne regorge d'une nouvelle génération de politiciens qui ont fait du jean et de la chemise à carreaux leur uniforme à chaque apparition, le message étant : je suis comme vous, je ne me déguise pas, je suis toujours égal à moi-même, je suis authentique, je ne m'élève pas au-dessus de la plèbe avec ma cravate. Ils n'ont rien compris, ils ne sont authentiques que dans leur imbécillité. Il faut se déguiser dès que l'opportunité se présente, passer d'un moi à un autre jusqu'à trouver le bon pour l'occasion, pour que ce moment tienne toutes ses promesses. L'habit fait le moine, c'est indispensable pour que le moine croie en être un et agisse en tant que tel. Je le sais depuis tout petit, je me souviens que je rentrais dans la chambre de ma grande sœur quand elle n'était pas là pour enfiler ses sous-vêtements, une jupe, et je me sentais quelqu'un d'autre, je me mettais à danser, à chanter, à prendre la pose devant le miroir, j'étais capable de bouger et de parler autrement. Je me souviens aussi d'avoir mis la tenue d'enfant de chœur de mon cousin et de sentir que je tutoyais Dieu, d'avoir mis l'uniforme d'hôtesse de l'air d'Iberia de ma tante un dimanche, et de servir le café à toute la famille comme si nous étions en plein vol pour New York. Tout commence par un bon déguisement.

Comme tous les soirs depuis le premier où nous nous étions embrassés si pleins de peur, nous savions que lorsque le soleil se coucherait nous irions une fois de plus danser le two-step au White Horse, notre seule routine durant ces sept nuits. Et l'après-midi que je te dessine est celle où nous nous sommes enfin décidés à acheter notre déguisement complet de cowboy, d'habitué authentique des honky tonks. Les bottes, la lourde et fameuse boucle métallique, la chemise brodée, le chapeau, le bolo. Être quelqu'un d'autre, donner un peu de répit à notre moi fatigué.

Nous sommes allés à Allens Boots, sur South Congress Ave, l'*ultimate store* pour cowboy bidon, et nous sommes adonnés aux achats. S'il y a bien une chose que je déteste, c'est aller faire les boutiques et acheter, je ne mets jamais les pieds dans un magasin de vêtements si je peux l'éviter. Mais ce jour-là je trouvais que c'était un super plan, le meilleur, se réveiller nus de la sieste, les vapeurs d'odeur de sexe prisonnières sous les couvertures, se doucher copieusement et partir en quête d'un déguisement de cowboy qui ferait du restant de cette journée le décor de notre grande comédie romantique. Un *santanderino* de Santander et une *chilanga* de Mexico dans la capitale du Texas, rigoureusement revêtus du costume folklorique de ceux qui dansent et vivent leur vie de cowboys.

Ce déguisement n'était pas particulièrement bon marché, les bonnes bottes sont chères, et les bons chapeaux aussi, si à cela on ajoute les ceintures et les chemises, l'ensemble monte à près de 400 dollars. Nous savions tous deux qu'il serait difficile de justifier pareille dépense une fois de retour à la maison. Je l'ai visualisé, toi aussi, ce moment où nous déferions la valise et en sortirions le déguisement "Chérie, j'ai dépensé 350 euros pour ce déguisement d'authentique cowboy, regarde un peu la qualité, ça les valait". Ça allait poser problème. Mais impossible de reculer, le White Horse nous attendait. Un chapeau ne suffisait pas, ce n'était qu'un début de déguisement, il fallait un accoutrement parfait. L'espace d'une seconde me sont passées par la tête toutes les choses que je pouvais acheter à Madrid pour 350 euros, une tablette pour Carmen, plusieurs dîners le week-end, changer les roues de la moto, deux paires de baskets de foot pour mes deux aînés. Cette dilapidation ne pouvait trouver aucune justification. Mais renoncer au costume de cowboy était inconcevable, impossible de retourner danser le two-step avec toi au White Horse sans une tenue de cowboy authentique. Toi non plus tu ne pouvais être ma partenaire sans débourser la même somme pour un costume de cowgirl. Or nous vivons tous deux la même chose, nous sommes le pied bancal de l'économie familiale, nos conjoints gagnent le double, le triple, le quadruple de nous, ce sont eux qui subviennent aux besoins de la famille, nous autres sommes des êtres privilégiés, on fait tout ce qu'on veut, toi tu dessines les plans de bâtiments fantastiques qui finissent rarement par être construits et moi j'écris des brèves, parfois inspirées parfois au forceps, que je mets rarement plus d'une heure à terminer et qui me rapportent moins chaque année. De quel droit gaspillons-nous 400 dollars dans un déguisement de cowboy pour aller danser le two-step le temps d'une soirée ? J'entends la voix de mon père me dire depuis sa tombe que je n'en ai nullement le droit. Mais moi je pense que même si nous ne sommes pas capables de convertir notre travail en argent, nous avons encore le droit à ce caprice. J'offre aux autres l'étincelle pour qu'ils aient quelque chose à se dire au petit-déjeuner, et toi, mieux encore, tu donnes à d'autres la possibilité de rêver aux espaces où ils aimeraient vivre leur vie. Il faut se débarrasser de la culpabilité, ton mari est banquier, ma femme directrice d'une grande fondation culturelle, ils gagnent pas mal d'argent mais je doute qu'ils donnent au monde plus que nous. Ne nous sentons pas coupables, cette vie serait insupportable sans des gens comme nous. Nous pouvons nous octroyer ce caprice.

En revanche, l'excuse dont nous prétendions nous servir pour justifier notre achat était répréhensible. Ça a été notre minute vache que j'ai, sache-le, profondément savourée quelques instants.

Peut-être que pour ton mari, mon costume aurait fait l'affaire, mais pour Paula, qui est plus petite que toi, le tien aurait été trop grand. Et même s'il lui était tombé parfaitement, ce serait abject : lui offrir la tenue que tu avais portée pour moi cette nuit-là, lui dire que j'avais dépensé 400 dollars pour lui ramener un souvenir du Texas, pour la voir habillée en cowgirl, et en voyant le déguisement, me souvenir de toi ce soir-là. On a failli le faire, on n'a pas pu s'empêcher de se marrer à cette idée tout en nous sentant coupables. C'était une solution inutilement cruelle. Remettre à ma femme la chemise qui avait pressé tes seins pour mieux les contenir, et pire encore, donner à ton mari un pantalon sur lequel un expert de la police scientifique aurait retrouvé en un rien de temps les spermatozoïdes et les sels de sueur cristallisés après trois heures de two-step. C'est toi qui y as pensé, dans un élan-téquila, tu m'as dit que ça te motiverait pour recommencer à baiser, que vous ne baisiez plus qu'une fois par mois grand maximum et que le pauvre homme ne savait plus quoi inventer pour te mettre *in the mood for love*. Le costume de cowboy lui semblerait une grande idée, tandis que toi tu saurais que dans ton fantasme ce n'était pas un cowboy que tu te tapais, mais moi, lui déguisé en moi déguisé en cowboy, prêt pour aller danser avec sa cowgirl dans un honky tonk.

J'ai tenté d'imaginer ce qui se serait passé si j'avais pris ton habit pour Paula. Ton mari aurait perdu la tête à la minute même où tu sortirais de ta valise le déguisement déjà porté, il ne lui aurait même pas traversé l'esprit que tu aies pu penser à autre chose qu'à le voir ultrasexy dans cette tenue, et à vouloir insuffler un peu de fantaisie, mais ma femme n'aurait pas réagi de la même façon, elle aurait en tout premier reniflé les vêtements, aurait vérifié qu'ils étaient propres, repassés, emballés, elle aurait trouvé des cheveux, des traces de sueur, de parfum, le fait qu'ils ne soient pas à sa taille aurait fait exploser son soupçonomètre, j'ai bien pensé à lui dire qu'ils venaient d'une friperie, mais dans ce cas elle m'aurait demandé comment se faisait-il que j'avais dépensé 350 euros pour une tenue de cowgirl, trop grande pour elle en plus, qui lui faisait horreur, bref, qui donc pouvait porter un truc pareil.

Au-delà de tous les risques encourus, le pire dans le fait de changer en cadeaux pour nos conjoints ce qui était en réalité un cadeau que nous nous sommes fait à nous-mêmes, c'était le manque de respect que cela impliquait. C'est là que commençait la trahison, pensais-je, dès l'instant où l'on mêlait nos couples à notre relation tels les jouets d'une plaisanterie perverse que nous étions les seuls à comprendre, la cruauté naît à partir du moment où la trahison est partie prenante du plaisir. Car jusque-là, il n'y avait pas eu trahison, ces personnes qui faisaient ce que nous faisions n'étaient pas celles qu'ils connaissaient, nous étions sortis de nos propres vies, y compris de nous-mêmes, tout s'est déroulé dans un non-lieu, dans des endroits où ils n'ont jamais mis les pieds, loin de tout regard familier, dans un temps décompté d'avance de celui que nous devons à d'autres, nous n'avons rien pollué, chaque chose reste à sa place.

Mais revenir à nos vies avec ces vêtements de cowboy pour nos conjoints, c'eût été comme quand le protagoniste de *La mouche* pénètre dans le téléporteur de particules avec une mouche, s'en trouve contaminé et finit par se transformer en monstre. On en serait venus à se détester. Alors j'ai abandonné ma tenue de cowboy dans l'avion. Je suis arrivé à la maison et j'ai pesté comme un idiot, en disant que j'avais acheté des cadeaux pour tout le monde dans le magasin de cowboy et que je les avais oubliés dans l'avion. J'ai fait semblant d'appeler la compagnie aérienne me répondant qu'ils n'avaient pas été en mesure de les retrouver. J'ai feint de m'en mordre les doigts. Carmen m'a dit que c'est l'intention qui compte et m'a embrassé. Elle ignorait combien elle avait raison.

8

Qu'était-ce donc ? Un essaim de chauves-souris – littéralement un million d'après Wikipédia – sortant des creuses entrailles du Congress Avenue Bridge, un pont en béton insipide dénué de toute valeur architecturale, au point d'obscurcir le ciel de la fin de journée comme un nuage noir survolant le Lady Bird Lake, dont j'apprends à l'instant, également sur Wikipédia, qu'il s'agit d'un lac artificiel construit en son temps pour refroidir une ancienne centrale électrique aujourd'hui transformée en centre commercial, le tout merveilleusement *fake*.

Contempler le vol vespéral de la plus importante colonie urbaine de chauves-souris sur le lac était une activité signalée dans toutes les listes des choses à ne pas manquer pour les visiteurs d'Austin. Elle défiait toute conception romantique des hauteurs d'où l'on contemple le coucher de soleil sur le miroir de l'eau, ce crépuscule de cinéma qu'on a déjà vu mille fois. Tu m'as dit que tu étais fascinée par la manière si décomplexée dont Austin, malgré sa laideur, sa monumentalité défaillante et la pauvreté de son histoire, était capable d'exhiber avec fierté ce qui fait sa différence. Tu admirais extasiée le théâtre de cette grande masse de rats volants et leurs sifflements ultrasoniques sur fond de ciel empourpré, papillonnant au-dessus des pickups texans défilant sans relâche sur les six voies du large pont, au-dessus des crânes d'un groupe de touristes obèses venus de l'intérieur du Texas pour leur *sightseeing tour* en Segway, et au-dessus de nos chapeaux de cowboy tout juste achetés huit pâtés de maisons plus haut chez Allens Boots.

"Grandiose. Ici, la relation entre le tout et les parties, entre le paysage et les gens du pays, est parfaite, j'en parlerai dans mes cours en rentrant" ont été plus ou moins les mots que tu as employés pour m'expliquer. C'est une grande découverte. Tout a une cohérence merveilleuse, harmonieuse. Quand tu vas à Venise, le divorce esthétique irrémédiable entre la ville et les mêmes obèses habillés en survêtement – j'ai oublié comment on dit survêtement en mexicain – en train de faire leur *sightseeing tour* anéantit définitivement la moindre rêverie, la moindre velléité de rechercher la consolation de la beauté ou le décor parfait pour une amourette. Ça vaut pour toute l'Italie, les Italiens devraient exiger un visa qui stipulerait clairement quels habits sont admis, et opérer des contrôles à la frontière, saisir les casquettes de base-ball, les sweat-shirts, les Crocs, les polaires, tout ce qui a une fermeture éclair, et à quiconque serait dépourvu de beaux atours, faciliter la location chez Valentino ou Loro Piana comme condition d'entrée dans la ville. Les gens d'aspect vulgaire, avec des tatouages laids, des piercings inutiles, des coiffures et teintures de cheveux absurdes, seraient expulsés sur-le-champ sans admettre aucune espèce d'explication, on en tabasserait même certains. On pourrait peut-être ainsi se libérer de l'immense frustration de voir l'Italie polluée par le bruit visuel que toute cette populace introduit dans le paysage – des *nacos*, des ploucs, je crois que c'est ce que tu as dit en pleine dérive décomplexée de snobinarde *chilanga* – et qui s'avère pourtant parfaite, voire nécessaire, sur le Congress Ave Bridge, pour nous permettre de jouir pleinement de l'heure où le ciel s'emplit de chauves-souris et où les gens dans leurs énormes pickups s'en retournent aux drames domestiques de l'*American suburbia*.

Ce n'était pas avec ces mots-là, mais c'est à peu près ce que tu as dû me dire, parce que je t'ai applaudie, et j'ai applaudi ces gros en Segway, les chauves-souris, j'ai applaudi ta façon de me les faire voir comme des éléments harmonieux et nécessaires dans ce paysage. Je suis triste de ne pas avoir enregistré tes discours, rien ne m'amusait plus que tes observations, tu prenais ton élan, puis tu t'envolais avec une de tes descriptions et tu m'invitais à me pencher par tes yeux pour voir le monde autrement. Peu de gens sont capables de te prêter leur regard.

Ce fut sans aucun doute notre coucher de soleil à nous, là où l'étrange paysage de notre idylle a trouvé sa meilleure expression. Ce paysage colle désormais au souvenir que j'ai de toi, mais aussi à beaucoup d'autres paysages que nous ne verrons jamais ensemble, des paysages où je t'ai invoquée en regardant mourir une après-midi aux ciels ardents, dans un coin sans bruit, où s'ouvre devant nos yeux un vaste paysage. En ces lieux où jamais je ne te verrai, j'ai tant de fois fait disparaître tout le monde, j'ai arrêté le temps, et je t'ai imaginée arriver te promenant, au loin, si loin qu'au début tu n'étais que la silhouette distante d'une personne qui marche, homme ou femme on ne sait pas, puis à mesure que tu t'approches tu prends un peu de couleur, on devine déjà que tu es une femme, il semblerait même que ça puisse être toi et non l'une des sept mille millions de personnes dans le monde, c'est incroyable, me dis-je, c'est impossible, mais quand je commence à avoir la certitude que c'est bien toi, le bonheur m'envahit : c'est elle, c'est inexplicable mais vrai, me dis-je alors que tu n'es pas encore suffisamment près pour que j'arrive à lire tout à fait l'expression de ton visage, c'est ce qui se passe sur les derniers mètres que la personne parcourt avant de rejoindre celui ou celle qui l'attend en la regardant s'approcher, et quand tu n'es plus qu'à quelques pas je vois la joie dans ton sourire, je scrute tes yeux pour savoir s'ils soutiennent mon regard, ou si tu fixes le sol avec cette légère dose de timidité et d'incertitude qui nous submerge au terme d'une longue absence, enfin tu arrives jusqu'à moi, et je ne te vois plus car tu es trop près, tu m'embrasses à présent. Après le baiser, qui dure très longtemps, je te signale le paysage et t'indique les noms de tout ce qui s'y trouve, le cap, le mont, le phare, la plage, le rocher qui pointe à marée basse, je te le raconte, je te dis que ce paysage fait partie de mon enfance, de mes origines, car le plus souvent c'est un paysage de Cantabrie, j'ai ce fantasme récurrent quand je monte rendre visite à ma mère à Santander et que je vais faire un tour sur les lieux de mes étés, de mon enfance, là je t'emmène invariablement pour un nouveau coucher de soleil parfait, dans un paysage que tu sentiras faire partie de moi, auquel je veux te mêler, devant lequel je veux te voir et dont je veux t'entendre me parler, me dire ce que tu en as pensé, je veux que tu me le rendes neuf par magie, que tu me prêtes ton regard pour voir ce que je crois déjà connaître.

9

De nos jours toute relation a sa bande-son ou aspire à en avoir une. Il est des chansons qui deviennent le morceau principal de cette première étape où l'amour se vit encore comme un film, nous faisons de notre mieux pour trouver la bonne chanson, celle dont nous pourrons dire qu'elle est *notre chanson*, capable de capturer l'esprit de ce temps-là et de le conserver, comme une goutte de résine où se pose un papillon, elle l'attrape et après des millions d'années il cristallise, elle se transforme en ambre translucide dont l'intérieur arbore pour toujours l'image préservée de ce papillon telle une gemme étrange.

Nous, c'est après avoir vu les chauves-souris que nous avons trouvé la bande-son, quand nous nous sommes mis en quête du meilleur burger d'Austin, sur lequel nous avons parié après avoir cherché sur internet *"Best burger in Austin"* et comparé plusieurs listes. Le burger élu se trouvait au Casino El Camino, une cave dans la pénombre, décorée comme un temple maya en carton-pâte avec ses glyphes et ses monstres précolombiens, tenue par des types tatoués de partout avec vingt-sept piercings sur le visage.

Sur le comptoir il y avait une gargouille gothique, et en face, un jukebox de la taille d'une armoire, qui proposait une sélection musicale hétéroclite et plutôt insolite, diffusait les chansons en mode aléatoire, passant de façon schizophrénique du trash métal à la soul, du bebop au psychobilly, de Megadeth à Miles Davis puis à The Coasters, Curtis Mayfield, The Cramps, ou de Rahsaan Roland Kirk à The Saints... Je connais des DJ qui ont été poignardés pour des transitions moins brutales que celles qu'opérait mécaniquement cette antiquité, mais ce qui est sûr c'est que ce n'était que de la bonne musique. Les critiques utilisent souvent l'expression *all killer no filler* pour parler d'un album dont tous les morceaux sont de la bombe, où il n'y a pas un seul air de remplissage, et ce jukebox était bien *all killer no filler*.

Nous avons mis un certain temps à deviner que ces énormes machins que buvaient deux types au comptoir, à l'aide de pailles de la taille d'une tuyauterie, et qui ressemblaient à des cornes d'abondance d'où sortaient des plants entiers de céleri, des lamelles de bacon frit, des cornichons, des olives grosses comme des prunes, n'étaient autres que des bloody maries. Les bords du verre étaient sensiblement plus bas que toutes les protubérances qui en dépassaient. L'image nous a provoqué un long fou rire, et tu as déclaré que c'était la parfaite manifestation des deux grands préceptes texans : *more is more* et *size matters*. On en a commandé un pour deux, une seule de ces cornes d'abondance suffisant à en nourrir plus d'un. C'était bon signe : si l'endroit servait un pareil apéritif, ça promettait pour le burger. Le barman pluriperforé nous a envoyés vers le guichet à l'angle le plus sombre de la cave, c'est là qu'on commandait les hamburgers. On aurait dit la salle des machines d'un vieux bateau à vapeur. À travers le guichet on pouvait voir deux gros en tee-shirts noirs qui leur collaient à la peau à force de sueur, les lobes dilatés par d'immenses boucles d'oreilles, surveillant la cuisson de hamburgers *king size* qui suaient aussi abondamment qu'eux sur un gril à charbon. Je me suis dit qu'en enfer les âmes subissent le même traitement de la part de types dans le même genre. Nous avons commandé les deux hamburgers qui furent, incontestablement, les meilleurs de notre vie, et ils nous ont annoncé d'un ton antipathique que cela prendrait le temps qu'il faudrait – *"We don't make fast food here"*. Nous sommes allés boire à la corne d'abondance près du jukebox.

Nous étions au cœur de notre film, je me dédoublais pour apprécier mon jeu et jouir en même temps d'être le spectateur de nos actes, je m'appliquais à interpréter mon rôle et ne pouvais m'empêcher de sortir de moi-même pour me regarder faire, incrédule, me demandant comment il était possible que moi, je sois en train de vivre cela, à cet endroit-là, avec toi. Je m'efforçais de le vivre sans y penser, fidèle à ce que dit Pessoa "Pour être heureux il faut ne pas le savoir". Nous avions la scène, les costumes, les acteurs, il ne nous manquait plus que la musique. Nous avons sorti quelques dollars de nos poches, j'en aurais dépensé 1 000 s'il avait fallu, mais 5 ont suffi pour acheter le morceau qui en ce lieu, à ce moment précis, serait la résine où se poserait cet instant ailé qui cristalliserait et que nous garderions pour toujours comme un bijou ancien qui ne perd jamais de son charme. Il y eut débat au sujet des chansons – que tu appelles *rolas*, un bien plus joli nom – qui opéreraient le miracle de la conservation de l'ambre, la sélection était excellente mais limitée. Tu as choisi *Cosmic Dancer* de T. Rex, *Let's Get It On* de Marvin Gaye,

Wonderful World de Sam Cooke et *Play with Fire* des Stones, des chansons que j'adore, que je connais par cœur et avais déjà hâte de danser avec toi, tout contre toi, collés-serrés, *de a cartoncitos*, disais-tu. Moi je n'ai voulu en choisir qu'une, une seule suffisait, j'avais repéré ma potion magique dans ce jukebox, la chanson dont je savais qu'elle cristalliserait en pierre d'ambre, le *You Don't Know What Love Is*, de Sonny Rollins, et je l'ai gardée pour la fin. C'était celui-là le morceau clé de mon film. Pas particulièrement dansant, la version instrumentale d'une chanson que tu ne connaissais pas à l'époque, mais je t'avais prévenue, une fois rentrée chez toi tu l'écouteras, dans la version chantée par Dinah Washington, et quand tu entendras les paroles – que tu apprendras à force de la remettre – tu verras comme elle est résineuse, et tu comprendras la complainte du saxo de Sonny Rollins lorsqu'il décolle de la mélodie et se met à voler.

Et il en fut ainsi, à en juger par le top de tes chansons de l'année sur Spotify, où j'ai pu voir que figuraient aussi celles que tu avais choisies ce soir-là. J'ai été heureux de savoir que tu es revenue de nombreuses fois à ce jour-là, si tant est que tu saches comment en sortir, par la route d'une bande sonore. Quant à moi, je ne dispose d'aucune intelligence numérique analysant tout ce que j'ai écouté cette année (l'idée de faire l'objet d'une surveillance musicale me terrifie), je te l'ai dit si souvent, très fier de moi : je suis de ceux qui continuent à collectionner les vinyles et à conduire de vieilles motos que je répare dans mon propre garage – deux passions snobs et bassement hipsters au fond, dont j'ai un peu honte maintenant qu'elles sont devenues si courantes, je les trouve si embarrassantes chez les autres qu'en voyant quelqu'un avec une vieille moto ou un vinyle, je rêve de brûler mon tourne-disque et mes trois motos dans un même bûcher et de m'autoflageller en public en demandant pardon. Je possède quatre versions de ce morceau depuis bien longtemps déjà, cette chanson m'a toujours plu, mais si j'ai plusieurs fois la même c'est uniquement parce que c'est un standard de jazz, un cliché du genre, une mélodie qui a été et sera mille fois déclinée, elle n'avait rien signifié pour moi jusqu'à présent, elle n'a jamais été habitée par aucune espèce de souvenirs personnels. Jusqu'à présent. Cette dernière année, je t'avouerais que même mes enfants connaissent les paroles de la chanson, ils crient "Oh non, encore ?!" chaque fois que je l'écoute, et ils me le diraient d'autant plus s'ils savaient que cette chanson est le trou de serrure par lequel j'essaie d'apercevoir cette autre vie où leur père n'existe plus, et eux non plus, où moi je ne suis plus moi, et ma maison n'est plus ma maison.

10

Je vis dans la ville avec le plus grand nombre de bars par habitant du pays. Avec l'âge, la pression s'accentue pour que j'admette ma défaite et me résigne à ne plus fréquenter les gens qu'au sport, dans les dîners en ville, les clubs de lecture, les randonnées champêtres, les ateliers de reliure, les cours de danse, et toute autre lubie de ma femme. Je résiste à ce domptage et, dans la limite du bourgeoisement possible, je continue à socialiser – ou à éviter de le faire – dans les bars. J'essaie de mener mes interviews dans les bars. C'est dans les bars que j'écris les premières ébauches de mes articles. Des bars dont la spécialité est l'oreille de porc et les rillons, des bars de chauffeurs de taxi, des bars où l'on joue au Mus et sert dans des verres à pied, des *marisquerías* avec leurs fruits de mer au comptoir et leurs sols tapissés de noyaux d'olives, des tripots où l'on joue de la musique, des cafés où ne joue que la cafetière, des bouges licencieux avec miroirs, faux cuir et sans fenêtres, des bars ouverts aux aurores où les vieux petit-déjeunent au pastis et jouent aux machines à sous. Quand je voyage pour le travail, je vais dans des bars tous les soirs, même si je suis seul, surtout si je suis seul. J'aime sortir seul dans des villes où je viens pour la première fois et les observer depuis leurs bars. J'y porte le même intérêt que celui d'autres voyageurs pour la visite des grands musées d'une ville qu'ils ne connaissent pas. Je dirais même que si je n'avais pas eu cette manie de trouver les bars typiques à chaque nouvelle ville que je visite, je ne t'aurais probablement pas emmenée au White Horse, et sans cela, nous ne nous serions pas embrassés. Remercie-moi pour ce penchant qui le temps de notre courte vie commune a été une vertu, et qui dans la vie à laquelle je retourne est manifestement un vice. Mon intention n'est pas ici de t'avouer que je suis alcoolique, mais de te dire que je m'y connais pas mal en bars et que je souhaite en la matière asseoir mon autorité en tant qu'expert d'envergure internationale pour, du haut de celle-ci, proclamer que le White Horse d'Austin est probablement le meilleur bar au monde – ne serait-ce que pour avoir permis que nous arrive ce qui nous est arrivé, et ceci ne tient pas du hasard, crois-moi, le lieu était soigneusement pensé pour qu'il s'y passe des choses.

Le White Horse suscite des attentes avant même de s'y rendre, il suffit d'évoquer son nom – Le Cheval Blanc, que demander de plus à un bar de cowboys – et sa classification – en honky tonk – pour que notre esprit se mette à préméditer tout un tas d'aventures possibles. Comme les gallodromes, les bordels, les arènes de corrida, les billards, les tablaos de flamenco après la fermeture et, dans ta ville, les cabarets avec leurs fameuses entraîneuses, les *ficheras*, le honky tonk appartient à la catégorie des lieux publics censés garantir un minimum d'événements loufoques, ceux où je peux m'attendre à voir une faune exotique, habillée de manière insolite, dans des états seconds, hurlant des phrases que je voudrais conserver dans mon carnet, m'approprier, répéter dans d'autres bars, dans des dîners, les rendre célèbres par un article et, qui sait, les élever au rang de mèmes ou de proverbes afin qu'elles s'émancipent et poursuivent leur vie sur d'autres lèvres. Mais fondamentalement, après être allé au White Horse, je peux dire que la chose véritablement extraordinaire du honky tonk, c'est que les gens vont y danser parce qu'ils savent danser. Danser enlacés, en duo et en rythme avec les autres couples sur la piste : la seule façon de savoir danser ; ils le font sur la musique jouée en live par un groupe, et après une danse ou deux, ils s'échangent leurs partenaires entre inconnus, bref, c'est un noyau de résistance dans un monde occidental où les gens ne dansent plus mais s'agitent, sautent et se déhanchent spasmodiquement dans une foule de solitudes toutes tournées vers la cabine du DJ, une main en l'air, au rythme d'un tambour digital.

Jamais de ma vie je n'avais mis les pieds dans un honky tonk avant qu'on ne se rencontre, mais des histoires sur ce genre de boîtes j'en avais entendu des tonnes, elles faisaient partie de ma mythologie personnelle de nuits rêvées, des endroits où je n'étais encore jamais allé, une Mecque en stand-by. Honky tonk est un mot sonore et chantant, un substantif inoubliable que l'on croise souvent dans les chansons des types qui jouent les durs, je l'ai entendu concrètement pour la première fois à l'adolescence, grâce aux Stones, dans leur célèbre *Honky Tonk Women*, c'est d'ailleurs le premier riff que j'ai appris à jouer sur la guitare électrique de mon cousin. Pas moyen à l'époque de savoir ce qu'était ce satané honky tonk. Internet n'existait pas, le terme ne figurait pas dans le dictionnaire anglais-espagnol qu'on avait à la maison et aucune personne de ma connaissance à Santander, pas même la professeure d'anglais du collège, ne savait me dire ce que signifiait honky tonk, s'il s'agissait d'un bar, d'un quartier de Memphis ou d'un adjectif pour décrire des femmes capables d'étonner des types de la trempe de Keith Richard et Mick Jagger, souviens-toi des paroles : *"the lady then she covered me with roses, she blew my nose and then she blew my mind, it's the honky tonk women"*. À en juger par ce que racontait cette chanson et quel qu'ait pu être le sens de ce fameux honky tonk, je l'ai su dès la première fois que j'ai écouté *Honky Tonk Women* : je voulais aller là où on peut trouver les *honky tonk women*, qui devaient être comme les sirènes d'Ulysse, des femmes qui te couvrent de roses et dont les avances te font tourner la tête.

À mesure que l'on découvre encore et toujours plus de musique, le terme revient et, dans l'une des biographies de musiciens que j'achetais par dizaines il y a vingt ans quand je descendais à Madrid, et dont je n'ai même plus le souvenir, j'ai fini par comprendre qu'un honky tonk était un bar typique du Sud-Ouest des États-Unis, où les habitués locaux jouaient du country rock en direct, où l'on dansait le two-step et où il se passait soi-disant des choses folles au milieu de gens fous qui avaient des pistolets, des chapeaux, des drogues et envie de faire la fête. Ce désir adolescent d'aller dans un honky tonk pour voir ce qui pouvait m'arriver, profondément ancré en moi, et qui les années passant était presque éteint et oublié, a ressurgi au moment où le journal m'a proposé de me rendre à ce soporifique congrès de journalisme numérique à Austin, Texas, car dans mon fantasme, Texas était synonyme d'un potentiel honky tonk plein de gens armés, barbus et à chapeaux, en train de jouer les premiers accords de *La grange* de ZZ Top. Il est au monde des lieux qui ne sont qu'une suite de clips musicaux dans notre imaginaire, et deviennent réels – hyperréels – une fois qu'on écoute la musique à laquelle on les associe depuis des années.

Le lendemain du jour où j'ai mis les pieds dans cette ville pour la première fois, j'avais déjà entrepris de minutieuses recherches sur la toile pour me faire une idée des distractions locales, j'avais repéré les honky tonks du coin et, mieux encore, poussé par je ne sais quelle force – certainement par l'esprit protecteur inconnu des honky tonks qui veille sur les néophytes afin qu'ils aient un ou une partenaire de danse – je t'avais ralliée à la cause honkitonquienne lors de ce premier petit-déjeuner, et toi, sans le savoir, tu allais te convertir en cette femme qui apparaît dans la troisième strophe de *Honky Tonk Women*, celle que Mick et Keith n'ont pas écrite et qu'ils seraient aujourd'hui certainement disposés à ajouter à leur chanson s'ils nous avaient vus cette nuit-là. Elle dit ceci :

I saw this married lady in Austin, Texas,
And asked her if she'd join me for a dance,
She had to teach me how to move my body
She held my waist and then she stole my heart.

On peut visiter des musées connus, de grands parcs, des monuments, mais visiter une chanson, entrer en elle aussi facilement que Mary Poppins entre dans un dessin tracé à la craie sur le trottoir, je ne l'avais jamais fait et toi non plus je suppose, c'est pourtant exactement ce que nous avons fait à chacune de nos soirées au White Horse, et en particulier celle que je te dessine ici, quand nous sommes entrés avec nos déguisements.

Une fois à l'intérieur de *Honky Tonk Women*, tout me semblait étrangement familier, comme à la première visite d'un monument emblématique ou d'un musée dont tu as déjà vu des centaines de fois dans les livres les œuvres qui y sont exposées. Souviens-toi de l'endroit, jamais un architecte n'aurait pu le dessiner, disais-tu, impossible de reproduire sur une planche à dessin un tel niveau d'imperfections et d'asymétries. De l'extérieur, c'est une cabane en bois, avec un panneau mal éclairé à l'ampoule, qui dit THE WHITE HORSE dans une typo de film de cowboys, un terrain vague rempli de pickups, une petite porte surveillée par un de ces types obèses et costauds à la fois, chauves et chevelus à la fois, qui font rire et peur à la fois, de ceux que seuls l'Amérique profonde et certains pays d'Europe de l'Est savent fabriquer. À l'intérieur, tout est assez sombre, deux ou trois tables rondes au bord d'une piste de danse au parquet irrégulier, où tournoient comme dans un firmament accéléré des couples de tout âge et de toute condition qui dansent enlacés, dans un coin au fond, une minuscule scène tendue d'un velours rouge artificiel et de miroirs, sur laquelle joue un groupe de country rock, à longues barbes, avec contrebasse, guitare slide, et le rythme monotone, binaire, du two-step. Près des toilettes on devine une porte à côté d'un distributeur de tabac datant de l'ère prénumérique, qui marche encore, mais dont personne n'est responsable s'il avale ton argent, porte par laquelle on accède à un espace intermédiaire entre la piste de danse et le patio où l'on peut enfin fumer et où tout le monde fume, où l'on se remettrait volontiers à fumer, d'ailleurs tu t'y es remise, moi j'ai même fumé des menthols parce que là ça ne compte pas, as-tu dit, parce que tout ce qui se passera ici ne peut se passer nulle part ailleurs, et dans cet espace qui s'ouvre après avoir dépassé la machine à tabac il y a un billard toujours pris, une chaise sur un piédestal, comme un trône, avec un cireur de chaussures occupé à faire reluire les bottes de cowboy pointues des habitués et d'étrangers fraîchement débarqués comme nous, qui avions acheté nos bottes quelques heures plus tôt, elles brillaient déjà avant qu'on ne les nettoie mais peu importe, ce qui comptait c'était de s'asseoir sur le trône, de regarder d'en haut ce règne étrange muni d'un whisky, en face se trouvait un vieux piano droit, branlant et désaccordé, dont une touche ou deux étaient à moitié fichues, avec un panneau écrit à la main qui disait : *"Please play me."* Les plus spontanés s'asseyent et jouent des chansons généralement très connues, avec plus ou moins de succès, ils parviennent parfois à rassembler autour d'eux des choristes non moins spontanés, en encourageant d'autres tout aussi spontanés à réclamer leur tour au clavier, alors tu as insisté, tu m'as mis à l'épreuve, "On va bien voir maintenant si tu es oui ou non un imposteur", je t'ai dit que je n'avais pas joué depuis des années. "Menteur, criais-tu, brandissant ton whisky qui se renversait, tu mens ! Tu m'as dit que depuis que ta cadette prenait des cours tu t'étais remis à jouer !" Je t'ai répondu que j'avais dit ça pour faire mon intéressant et te plaire davantage, car ceux qui comme moi ont appris à jouer d'un instrument sur le tard l'ont fait uniquement pour draguer et fumer des joints, et nous en avions fait la preuve : si tu avais un groupe, tu baisais plus et tu étais invité partout, mais je n'ai jamais appris à rien jouer dignement, ce serait une catastrophe intégrale, on se ferait mettre dehors à coups de pied aux fesses, "Eh bien qu'ils le fassent, disais-tu, si tu ne joues pas aujourd'hui tu ne dormiras pas dans mon lit", et tu m'as déclaré que le moment était venu de chanter en hurlant, de brailler, que ton corps le réclamait, que tu devais expulser ton venin. Je me suis avancé vers le piano, j'ai attendu mon tour en chantant dans tous les chœurs qui se formaient, les *Imagine* et les *Blue Moon* se succédaient, jusqu'à ce qu'enfin je m'asseye au piano, nerveux, j'essayais de me souvenir comment on faisait, juste les accords, un truc facile, "Une *ranchera* c'est l'idéal pour s'égosiller", t'ai-je dit, et puis c'était ce qu'il y avait de plus facile à jouer, quatre accords suffisaient pour les jouer toutes dans leur version la plus basique, "Que dirais-tu de *Volver*", as-tu proposé, j'ai répondu que pour commencer celle-là était trop scandaleuse, que je n'avais pas assez bu, tu as rétorqué que dans ce bar, un peu de scandale serait applaudi des deux mains, où d'autre sinon, et tu m'as rappelé les paroles, tu m'as donné ton reste de whisky, tu m'as embrassé, tu m'as allumé une cigarette et j'ai commencé à marteler le clavier, toi à crier, *"Y volver, volver, voooooooolver, a tus brazos otra vez, llegaré hasta donde estés, yo sé perder, yo sé perder, quiero volver, volver, volver"*, au deuxième refrain j'ai essayé de crier aussi fort que toi, puis deux autres Mexicains qui traînaient par là se sont joints à nous. Bien que les gens s'étonnent très peu de ce qui peut se produire au White Horse, le gros costaud de l'entrée a malgré tout passé une tête pour voir s'il s'agissait d'une chanson ou d'un trouble à l'ordre public, *"It's alright, it's just a Mexican song, that's how you sing it"*, tu lui as dit, et son visage a émis quelque chose qui pouvait passer pour un signe d'approbation, ou un "Pour-cette-fois-tu-as-la-vie-sauve". Une ballade mexicaine ne détonerait jamais dans un endroit pareil, on est à côté de la frontière, la moitié de la population est mexicaine, m'as-tu dit, et puis après ces hurlements, qui aurait osé t'approcher, nous étions une histoire d'amour frontalière, disais-tu, des fugitifs adultères, chaque fois que je portais ma main à ma poche je croyais avoir perdu mon pistolet, nous avons commandé encore du whisky, nous ferions de bonnes paroles pour une chanson, dignes d'une *ranchera* ou de la country, *The Ballad of Camila & Luis*. Nous étions ce qu'enfant j'imaginais d'aventures nocturnes dans les honky tonks, avec tout le danger que suppose accomplir un rêve adolescent quand on commence à avoir des cheveux blancs.

11

Les avant-derniers jours sont les meilleurs. Ils n'ont pas à porter sur leurs épaules le drame de se savoir veille d'au revoir, antichambre d'une longue absence. On n'y embrasse, ni ne mange, ni ne fait l'amour, ni ne parle avec la gravité et la tristesse de la dernière fois, l'œil n'est pas encore vitreux, retenant la larme qui sera là demain. Nous nous sommes couchés dans ton lit sachant qu'il nous restait encore toute une journée et sa nuit, nous sommes arrivés un peu éméchés, nous avons baisé sans enlever nos habits de cowboy, puis rebaisé tout nus. Nous nous sommes endormis enlacés, en trouvant comme seuls les amoureux savent le faire la position exacte où deux corps s'emboîtent confortablement sans couper la circulation du sang aux extrémités. Depuis combien de temps ne t'étais-tu endormie comme ça avec quelqu'un ? Quelqu'un d'autre qu'un jeune enfant, évidemment. Le monde du sommeil est un lieu solitaire, au seuil duquel nous faisons nos adieux, nous y sommes enfin entièrement seuls, même en nous endormant dans d'autres bras. Le plus difficile n'est pas d'aller se coucher avec quelqu'un mais de se réveiller à ses côtés, de voir que la vie a recommencé, que le soleil s'est levé de nouveau, une autre journée t'attend et quelqu'un est dans ton lit, ne l'a pas encore quitté, ou bien c'est toi qui n'as pas encore quitté le sien, ou bien le lit a toujours été votre lit et non pas le tien ni le sien, mais voilà, l'épreuve par excellence c'est l'heure du réveil côte à côte.

Je me souviens de m'être réveillé dans un autre lit que le mien et de vouloir partir en courant avant que la personne près de moi n'ouvre les yeux. Ou bien logé à l'hôtel ou dans ma garçonnière, faire semblant de dormir pour que la femme rencontrée la veille au soir puisse filer à son aise, opter pour une feinte grossière en ronflant comme un porc, et donner ainsi l'ultime coup de pouce à la personne que je souhaitais faire disparaître, pour qu'elle comprenne le message. Parce que rien n'est plus pareil quand le soleil se lève, tout n'est souvent que déception faite de crottes d'œil, d'odeurs d'aisselles, d'haleine matinale et de sous-vêtements sales.

Or avec toi ça n'arrivait pas, je me réveillais et tout restait intact, l'enchantement ne s'était pas dissipé, tu continuais à sentir aussi bon, et ta peau, tes cheveux, avaient le même attrait que la nuit d'avant, j'ouvrais les yeux dans un mélange de désir et de peur, terrifié à l'idée qu'en te réveillant tu ne me trouves répugnant, limité, puant et fini tel que je me sentais moi-même au seuil d'une nouvelle journée, craignant de n'avoir rien de neuf à t'offrir.

Dans la vie à laquelle je retourne, se réveiller avec quelqu'un est tout aussi difficile, constater que chaque chose est là où nous l'avons laissée la veille, et ne pas pouvoir dire si c'est un jour de plus ou un jour de moins, regarder ton partenaire sans illusion, essayant seulement de deviner quelle sera son humeur au réveil, comme quelqu'un qui se penche à la fenêtre pour voir quel temps il fait, et penser avant même de se parler, pendant ces minutes où l'on se prépare à sortir du lit, à ce qui pourrait éclairer la journée, vite me l'inventer si je n'ai rien de prévu, me dire qu'aujourd'hui je mangerai dans tel bar, que j'appellerai tel ami, que je repeindrai le réservoir d'une de mes motos, ou que je mettrai telle chanson aux enfants au réveil. Oui, Camila, il est comme ça ce moment-là : il faut rapidement s'inventer la raison qui te permette de sortir du lit du bon pied, car plus personne ne t'aidera à la trouver, et au bout de quelques minutes, si tu ne l'as toujours pas, tu commences ta journée sans et il n'y a plus moyen de revenir en arrière, la routine suit son cours comme un tapis roulant qui te ramène le soir à ton lit, et le matin venu, tu te réveilles dans le même lit, avec la même personne près de toi, qui une fois de plus ne pourra te donner en te levant d'autre illusion que celle que tu auras toi-même été capable de créer.

Ce qui me surprenait le plus avec toi c'était de me réveiller et de voir que tu étais toujours là, de constater qu'après le sommeil être ensemble redevenait vrai, que ta poitrine couverte de taches de rousseur continuait à respirer près de moi, que moi aussi j'étais toujours là avec toi, qu'il y avait encore un lit au-dessous de nous, et que l'hôtel était toujours un hôtel, Austin toujours ce qu'on voyait par la fenêtre, et que je ressentais encore tout ce que j'avais ressenti en te regardant t'endormir, ne me restait plus qu'à savoir si quand tes yeux noirs s'ouvriraient, tu me regarderais toujours pareil. J'attendais, discret et plein d'espoir, de voir ce que tu ferais en premier en te réveillant, m'enlacer et continuer à dormir encore un peu ou bien me regarder en silence avant qu'aucun de nous ne prononce un seul mot ? Et que dirais-tu en premier, à moins que ce ne soit moi qui parle ? Me raconterais-tu un rêve que tu as fait comme pendant la sieste, ou me décrirais-tu de manière lente et précise le petit-déjeuner que tu m'aurais préparé si nous étions à Mexico, comme le matin précédent, quand, salivant, je t'ai reproché de m'avoir fait subir le supplice de Tantale, et que tu m'as, comme sur la *ranchera*, couvert la bouche de tes baisers tandis que les heures passaient les unes après les autres ? Il n'y avait aucune urgence à sortir du lit, c'est là que nous commencions à inventer la journée, et pas après la douche, pas après avoir désincrusté nos crottes d'œil, nous être parfumés et redonné une contenance. Ensuite, un peu plus tard, debout déjà, ma joie était renouvelée à l'idée qu'il me restait encore à découvrir comment tu arrangerais tes cheveux, comment tu t'habillerais, quel nouvel accessoire, quel nouveau vêtement que je n'avais pas encore vu, tu sortirais de ta valise.

Je n'ai pas besoin que la vie ressemble à ça tous les matins, ce n'est pas ce que je demande, je sais très bien combien durent peu ces longs réveils à deux, je les ai aussi vécus avec Paula et grâce à toi je m'en souviens. Après y avoir regoûté il devient difficile de revenir à une vie où cela n'arrive plus jamais. Je te le répète : nous avions conclu un bon accord, Camila, quatre jours par an. Même si le plus sage était sans doute de s'arrêter là, comme tu l'as fait. J'en conviens, je ne vais pas pleurnicher, nous étions libres d'y entrer et libres d'en sortir : c'est le mariage qui impose d'aspirer obstinément à ce que ni l'ennui ni le désamour, mais seulement et exclusivement la mort, ne soit la cause qui nous sépare. Les amants sont unis jusqu'à ce que la peur, la culpabilité, la raison, la menace ou la convenance les séparent, le monde entier conspire à les séparer, mais ce qui de façon certaine y parviendra, par une loi inéluctable, c'est l'ennui, la mort survient indéfectiblement quand *the thrill is gone* et à aucun autre moment.

Il serait si raisonnable, pour les mariages, de remplacer le mot mort par "ennui", tu ne crois pas ? Le monde serait alors un endroit plus joyeux et, surtout, plus compréhensible et compréhensif. Regarde, ça donnerait tout à fait autre chose, imagine-le prononcé devant l'autel "Je promets de te rester fidèle et de te respecter, dans la richesse et dans la pauvreté, dans la santé et dans la maladie, de t'aimer et te soutenir jusqu'à ce que l'ennui nous sépare." Parce qu'en réalité la mort ne sépare pas, elle unit même davantage, personne n'aime autant ni ne se sent plus uni à son partenaire que lorsqu'il meurt. C'est le cas de ma grand-mère, qui est veuve depuis quarante ans et dénigre le premier homme venu en le comparant à son mari, c'est aussi le cas de ma cousine María, dont l'imprésentable époux est en état de mort cérébrale depuis deux ans et qu'elle aime aujourd'hui plus que jamais, elle ne pense qu'à lui, incapable de débrancher le gars et de refaire sa vie. Elle l'aime plus que jamais alors qu'avant, elle ne le supportait pas. Ce qui nous sépare (en dehors de la ludopathie, de l'alcoolisme, de la violence, de l'abrutissement, des prodigalités, de l'obésité annoncée, par exemple) c'est surtout et souvent l'ennui, jamais la mort. L'ennui de voir à quel point tout ce qui t'irrite chez l'autre et ce qui l'irrite chez toi se répète sans arrêt, car jamais personne n'est capable de changer, et plus rien de nouveau ne survient pour compenser comme un contrepoids ce qu'on sait devoir se répéter demain, et qui nous irritera encore, et qui parfois n'est rien de plus que le bruit que fait l'autre en avalant de l'eau, sa façon de ranger la bouteille de vin debout plutôt que couchée, de toujours se mettre une bouteille de côté, ou celle qu'on a de se moucher fort avant de dormir, ce lit fait à peu près, en laissant l'édredon dépasser plus d'un côté que de l'autre, ou la prévisible requête de baisser la musique au troisième morceau d'un disque que l'autre trouve inapproprié au moment même où il te convient si bien, bref, n'importe lequel de ces infimes désagréments qui suintent de notre quotidien comme des gouttes aux robinets qu'on ne peut fermer complètement, des gouttes qui ne déclenchent jamais d'inondation mais dont le plic-ploc implacable et qui rend fou ne nous laisse jamais de repos.

Le reportage graphique que je te devais, la chronique journalistique de notre histoire s'arrêtent ici. J'ai fait ce que j'avais à faire et au point où nous en sommes je pense que nous pourrions nous contenter du souvenir, tel que tu me l'avais suggéré. Je me répète à nouveau : l'histoire se doit d'être racontée pour qu'il puisse nous en rester quelque chose, l'inverse c'est voguer vers l'oubli, et oublier c'est livrer notre vie au néant. Faulkner le dit lui-même dans une autre lettre, que j'ai mentionnée au début de la mienne, celle qui m'a le plus marqué et m'a poussé à écrire celle-ci, si longue. Il l'envoie des années après les deux que j'ai déjà reproduites, datant du début de sa relation. Il l'écrit après les très nombreuses autres lettres qui ont suivi ces deux premières, encore pleines de projections fantasmées, d'érotisme, d'ardeur, de déclarations amoureuses, de *tomorrow tomorrow tomorrow*. Et après les froides missives qui succèdent à ces lettres enflammées, qui ressemblent moins à des lettres qu'à des messages, avares en passages lyriques et riches en pure logistique concernant l'*affaire* (je serai tel jour à tel endroit, viens me voir, je te paie le billet, écris-moi à cette adresse). Il l'écrit juste avant d'entamer la dernière période, celle où les lettres sont redevenues des lettres, mais sans effusion, elles n'anticipent aucune nouvelle jouissance, et discourent sur un ton nouveau et apaisé, celui de quelqu'un qui évoque et se souvient, un ton de reconnaissance et de nostalgie, avec une distance résignée. Voici la lettre, sur l'enveloppe on peut voir qu'en destinataire, Meta a changé de nom, elle est désormais une *mistress*, elle s'est mariée :

Friday.

Are you still there? I have two books for you, when I know where to send them.

They had what they call the 'world premiere' of MGM's INtruder in the Dust here this week. I thought it was a very fine job; wished I had been Clarencee Brown, who made it.

I dream of you quite often. At first I thought too often, dreaded sleep sometimes, or waking. But now it is not so grievesome. I mean, no less grievesome, but I know now grief is the inevictable part of it, the thing which makes it cohere; that grief is the only thing you are capable of sustaining, keeping; that what is valuable is what you have lost, since then you never had the chance to wear out and so lose it, shabbily, Darby and Joan to the contrary. And, as a character of mine said, who had lost hi s heart his love by death: 'Between grief and nothing, I will take grief.' I know that's true now, even though for a while after September in 1942 and again after July in 1943, I believed different.

Give my best to Sally and John. I'll send the books when I know where.

Bill

Tu es toujours là ? J'ai deux livres pour toi, quand je saurai où te les envoyer.

Ici, cette semaine, a eu lieu ce qu'on appelle la "première mondiale" de MGM pour Intruder in the Dust. Je pense qu'ils ont fait du très bon travail ; j'aurais aimé être à la place de Clarence Brown, c'est lui qui l'a réalisé.

Je rêve beaucoup de toi. Au début je me disais que c'était trop souvent, parfois dormir, ou me réveiller, me terrifiait. Mais ce n'est plus aussi douloureux maintenant. Ou plutôt pas moins douloureux, mais je sais maintenant que dans tout ça la douleur est l'aspect inévitable ; c'est elle qui fait que ça tient ; je sais que la douleur est la seule chose qu'on puisse entretenir, conserver ; que ce qui vaut c'est ce qu'on a perdu, puisqu'on n'a jamais eu l'occasion de s'en servir et donc de le perdre (de l'abîmer), à l'opposé de Darby et Joan. Et, comme le disait l'un de mes personnages, qui avait perdu son cœur, son amour, par la mort : "Entre la douleur et le néant, je choisis la douleur." Je sais maintenant que c'est vrai, même si pendant un temps, après septembre 1942 et après juillet 1943 aussi, j'ai cru le contraire.

Transmets mes meilleurs sentiments à Sally et John. Je t'enverrai les livres quand je saurai où.

Bill

Je la lis comme un pronostic, cette lettre contient ce à quoi je serai probablement confronté à partir de maintenant *("I dream of you quite often... dreaded sleep sometimes, or waking")*. Bill l'envoie à Meta en 1949, environ quinze ans après leur rencontre. Entre cette lettre et celle qui la précède immédiatement trois ans ont passé. J'ignore si ce furent trois ans de silence, mais de 1946 à 1949 il n'y a plus de lettres dans les archives. Sa façon de commencer celle-ci – *"Are you still there?"* – le laisse penser. Tout comme la dernière lettre avant cette période de silence : une note sèche et glaciale, purement logistique, pour essayer de fixer un rendez-vous, la dernière ligne dit *"let me know your itinerary, dates, etc. I will see what can be done"*. Il n'est pas déterminé, "Je verrai ce que je peux faire", lui dit-il. Ce n'est clairement pas le ton convaincu de l'homme amoureux qui écrivait *"tomorrow tomorrow tomorrow"* des années auparavant. Ma seule consolation pour l'heure consiste à lire plusieurs fois cette lettre glaciale – *"I will see what can be done"* –, je veux croire qu'elle m'alerte sur ce qui nous attendait si nous avions continué à nous voir pendant des années, elle nous prévient de l'arrivée de ce jour où toi et moi, nous nous serions écrit un message laconique du même genre : *Dis-moi en partant où tu seras et je verrai si je peux venir te voir.* Mieux vaut la douleur dès à présent, tu as été sage.

Des années après, arrive cette lettre qui s'ouvre sur un *"Are you still there"*. Je suppose qu'il demande si elle est toujours à cette adresse, les gens déménagent constamment aux États-Unis, et à l'ère prénumérique si tu ratais le changement d'adresse de quelqu'un, il pouvait disparaître de ta vie à jamais. Meta était toujours là, nous ne savons pas ce qu'elle a répondu car Faulkner, d'après ce que j'ai lu dans une autre de ses lettres, détruisait la correspondance de Meta pour ne pas qu'elle soit découverte. Meta en revanche conservait celle de Faulkner avec la méticulosité d'une archiviste.

Dans la lettre, Bill rappelle à Meta ce que dit son personnage dans *Les palmiers sauvages*, qui, entre la douleur et le néant, choisit la douleur (*"Between grief and nothing, I will take grief"*... j'hésite à traduire *grief* par peine ou douleur, je te laisse choisir). Et pour épargner à Meta la lecture du livre, Bill le lui résume en quelques phrases, celles-là mêmes qui m'ont saisi au moment où je t'ai brièvement connue, puis perdue. Je comprends enfin ce roman, je le vis dans ma chair. Il a fallu que j'en passe par là, je sens que je me déchiffre moi-même à la lecture de cette lettre "Je sais maintenant que dans tout ça la douleur est l'aspect inévitable ; ce qui lui donne sa cohérence ; la douleur est la seule chose que l'on soit capable de nourrir, de conserver ; que ce qui a de la valeur c'est ce que tu as perdu d'où le fait que tu n'aies jamais eu l'occasion de t'y épuiser ni de le perdre à l'usure". Tu m'as épargné l'usure et l'épuisement, il me reste en échange cette douleur si réelle et si physique, la preuve irréfutable de tout ce que tu m'as donné, je crois que ça le vaut, et c'est avec plaisir que je l'accueille en moi.

Je t'aime Camila, je t'aime beaucoup. Adieu adieu adieu.

Luis

LUIS À PAULA

NYC
Juin 2019

Chère Paula,

Aujourd'hui je me suis demandé depuis combien de temps je ne t'avais pas écrit de lettre. Je n'ai d'ailleurs aucun souvenir de la dernière lettre manuscrite que j'ai écrite à quelqu'un. Le courrier électronique a éliminé les relations épistolaires, même s'il ne les a pas remplacées. Il y a beaucoup de différences entre une lettre et un mail. La première c'est la perte du message posté et donc aussi probablement de la mémoire de ce qui a été dit, raconté et demandé : les lettres finissent par être les papiers d'un autre. Contrairement aux mails dont il reste toujours une copie dans le dossier des messages envoyés. L'autre grande différence est le délai de remise et de réponse – toujours incertain –, assez long pour les habitudes frénétiques de notre époque. Aux lettres, on laisse le temps :

de les écrire, de les envoyer, de les recevoir et d'y répondre. En général elles ne traitent pas d'affaires nécessitant une réponse immédiate, mais plutôt de celles qui exigent une réponse bien pensée, élaborée, assez consistante pour alimenter le destinataire jusqu'à la prochaine lettre. Ce qu'on attend de celui ou celle qui nous écrit c'est qu'ils nous racontent comment ils allaient, comment ils vont et quels sont leurs projets. Bref, une mise à jour, nous raconter ce qu'ils deviennent. Chose qu'on ne leur pardonnerait jamais de nous détailler dans un mail.

Je vais t'écrire une lettre car je veux te raconter comment va ma vie et te demander comment va la tienne. C'est ce qui se faisait quand on était loin, or je suis très loin de toi. Très. Ici, en faisant escale à NYC, je sens enfin que les huit mille kilomètres et les six heures de différence entre Madrid et NYC correspondent à la distance qui sépare nos deux vies ces derniers temps. Quelque chose cependant m'a inopinément rapproché de toi, voire télétransporté jusqu'à toi, et tout à coup, je te sens plus proche de moi que pendant toutes ces dernières années.

À Austin, j'ai visité le Harry Ransom Center, un centre de recherche en lettres et sciences humaines de l'université du Texas. C'est l'un des principaux fonds d'archives littéraires au monde, et pourtant personne ne le connaît. Pas même toi, oserais-je dire. Tu aurais halluciné là-dedans, d'ailleurs j'ai pensé que l'année prochaine, si je ne me suis pas encore fait virer du journal, et s'ils ont toujours les moyens de me payer le voyage à ce congrès, on prolonge un peu et tu viens à Austin avec moi. Et si je me suis déjà fait virer, on essaie d'y aller quand même, ça en vaut la peine. Visiblement, les archives conservent des dizaines de millions de documents. La liste est immense, de tous les écrivains, philosophes et poètes dont les travaux ont inexplicablement fini en plein centre du Texas. Moi je suis entré là dans le but de fouiller dans les cahiers de Bob Woodward, le journaliste du Watergate, d'enquêter sur son enquête et de faire un reportage sur son reportage, ce qu'en d'autres occasions tu as défini comme "ces contenus méta-journalistiques que vous produisez dernièrement au journal pour vous faire mousser entre amis tout en communiquant aux lecteurs le message sur l'importance du journalisme d'investigation, et les convaincre que payer l'abonnement pour vous lire est le meilleur moyen d'empêcher la fin de la démocratie". Bref, je ne peux qu'être d'accord avec cette appréciation. Mais il se trouve qu'une fois entré dans les archives, je suis tombé sur un long inventaire de documents où figuraient plusieurs boîtes contenant des papiers de ton idole littéraire, Mr William Faulkner, ou simplement Bill pour les intimes, tu me pardonneras donc si je l'appelle Bill. J'ai demandé à en consulter certaines pour prendre quelques photos à t'envoyer, tu vois, même à distance, je n'oublie pas ce qui te fait plaisir. Ici ils distribuent les manuscrits originaux aussi facilement qu'on te prête à Madrid le premier livre venu dans une bibliothèque du quartier de La Prosperidad. Bien sûr, tu ne peux pas les emprunter, mais ils mettent à ta disposition une table pour les consulter le temps que tu voudras, et si tu signes un petit papier promettant de ne les publier nulle part, tu peux les prendre en photo. Des photos que je vais partager avec toi, et que tu ne dois donc partager avec personne d'autre : *don't mess with Texas*.

Je pensais ne consacrer que quelques minutes aux documents de Faulkner, et après en avoir choisi un à t'envoyer avec un mot doux, me concentrer sur ceux du Watergate. Le congrès était assez intensif, nous avions à peine le temps de nous éclipser pour faire autre chose. Mais entre tous les papiers de Faulkner, je suis tombé sur un dossier avec les lettres à sa maîtresse, une certaine Meta Carpenter. Et ce dossier a agi malgré moi comme un changement d'aiguillage qui m'a conduit vers une tout autre destination. Au point que je ne suis pas retourné au congrès et n'ai pas non plus regardé les papiers du Watergate, et je crois que je vais avoir le plus grand mal à trouver un train pour rentrer de là où ces lettres m'ont fait dévier.

Je ne sais plus trop à présent sur quoi je vais écrire le reportage qu'ils m'ont commandé, et ce sera par ta faute : j'expliquerai au journal que c'est à cause de toi que j'ai ouvert ce dossier qui m'a plongé dans une certaine confusion. Désarroi serait le mot. Je suis resté assis des heures dans la sombre et silencieuse salle de lecture du HRC, à lire sous une lampe, une à une, toutes les lettres de Bill à Meta, une correspondance qui, si l'on en croit les cachets de la poste, s'étale sur une trentaine d'années, jusqu'à peu de temps avant la mort de Bill, dessinant les courbes d'une relation parallèle, de ce refuge pour survivre à l'ennui du mariage que nous connaissons si bien toi et moi. Faulkner semble vivre comme un prince andalou dans un village du Mississippi du nom d'Oxford, et quand il a besoin d'argent (et d'oxygène) il dit au revoir à sa femme et part à Los Angeles écrire des scénarios qu'il tente de finir vite et sans le moindre enthousiasme, comme s'il s'agissait d'une simple formalité, pour gratter le maximum d'heures possibles et les passer avec Meta, la secrétaire de Howard Hawks. Je viens de voir tout ça sur internet, peut-être que tu le savais déjà. Les détails ne m'intéressent pas outre mesure, mais j'avais besoin d'un peu de contexte après avoir lu les lettres.

La courbe tracée par ces lettres est d'abord ascendante, expansive, on y voit un homme capable de remporter le prix Nobel lorsqu'il écrit pour son public, usant de tous ses stratagèmes pour une seule lectrice. Bill y reporte toute son excitation à l'idée du prochain rendez-vous avec Meta, et met en branle l'imagination de sa maîtresse bien avant de toquer à sa porte, il se sert du langage pour rendre propice ce moment hors de la vie conjugale, ces jours où soudain tous les jeux de l'amour redeviennent possibles.

La plupart des lettres sont tapées à la machine et tiennent sur un seul côté de la feuille. Je les ai dévorées en quelques heures, avec une angoisse proche de celle que je ressens à la vue d'une bouteille bientôt vide d'un vin bon et trop cher auquel je ne goûterais peut-être jamais plus. Heureusement, les lettres écrites à la main me résistent, il est très difficile de comprendre l'écriture de Faulkner, le gars a inventé sa variante personnelle de l'alphabet latin, à chacun de deviner la moitié des lettres. Je les ai prises en photo et j'ai consacré une après-midi entière à essayer de les déchiffrer dans un bar à cocktails avec un patio où ils te laissent fumer le cigare. L'endroit s'appelle le Weather Up et se trouve dans une vieille maison en bois dans la banlieue d'Austin, avec son porche en bois, ses fauteuils à bascule, un bon noyer donnant de l'ombre au milieu du patio : la maison que tu as vue mille fois dans les films américains sur le Sud des États-Unis, avec un *carrot cake* fumant sur le rebord de la fenêtre et un tueur en série aux aguets sur le toit.

Finalement, une seule lettre m'a occupé toute l'après-midi, et m'a pris quatre whiskies scrupuleusement dosés (ils m'ont dit qu'ils n'étaient pas autorisés à en servir plus de trois, mais j'ai eu droit à un bonus grâce à mon truc du sourire enchanteur qui visiblement fonctionne encore sur certaines personnes) et deux répugnants cigares nicaraguayens achetés dans une station-service. Je me suis assis dans le fauteuil à bascule, j'ai sorti mon carnet et me suis mis à transcrire ce texte sans urgence aucune. Tout en le faisant, je m'imaginais ce que l'auteur aurait pensé de mon labeur.

Il est réellement surprenant de se dire que cette lettre qu'on a écrite à sa maîtresse dans l'élan d'un puissant désir, une nuit de l'année 1937, allait survivre à notre mort placée à l'intérieur d'une boîte avec les autres lettres écrites dans d'autres mouvements de désir, que cette boîte serait vendue par ladite maîtresse à un professeur universitaire obsédé par Faulkner, lequel professeur en ferait don à un centre d'archives au Texas, et qu'en 2019, une fois l'expéditeur et la destinataire bel et bien morts, cette boîte allait finir par hasard entre les mains d'un homme de Santander qui passait par là dans la seule intention de prendre en photo l'un ou l'autre des petits papiers écrits par Faulkner pour envoyer à sa femme quelque chose qui lui ferait plaisir (femme qui pendant ses études de lettres s'est prise de passion pour ses livres), et qu'en s'attardant sur ces lettres, l'homme de Santander sentirait le besoin de passer au propre, pour la première fois, les illisibles courriers à sa maîtresse, et d'essayer qui plus est d'imaginer et de comprendre ce que ces lettres avaient voulu dire, il tenterait de sauvegarder ce moment de désir, de ressusciter la fougue qui a embrasé chacune de ces lettres, pour pouvoir reverser un peu de leur force dans une lettre à sa femme. Si tu y réfléchis, on pourrait même dire que c'est toi, la destinataire finale de cette lettre de Faulkner que je vais te montrer, que j'ai extraite des caves des archives pour t'en livrer la transcription.

J'inclus une photo de la lettre pour que tu comprennes la difficulté de ma tâche de scribe. Mais je dirais que l'interpréter est encore plus difficile que de la transcrire. Tu verras, la lettre est écrite sachant que personne en dehors de celle qui la reçoit et de celui qui l'écrit ne pourra rien y comprendre.

If unclaimed
return to:
8466 1/2 Sunset Blvd.
Hollywood, Cal
BEVERLY HILLS, FEB 27 2:30PM 1937 CALIF.
1937
Miss Meta Carpenter,
~~Sir Francis Drake~~ Hotel,
~~San Francisco~~, Cal.
8466 1/2
Sunset Blvd
Los Angeles
Cal
Air Mail,
Special Delivery

Sunday morning

When you wake and read this, you are to believe that you are still asleep, waiting to wake and remember it's Sunday morning and that soon the phone will ring and they will tell you I am waiting downstairs, for breakfast together and ping pong and then the beach in the sun and wind and much talk that cannot even make sense to anyone but us.

Then (you are still asleep, remember) you will put this one away and you will dress and have breakfast, maybe with Sally and John, or even and play ping pong with them and dine at the Hull Dream and return home for music and bed, and your day will be pleasant, and you will get into bed and then you will open the next one, the one for Sunday night; you will have had the pleasant day behind you but it will not have actually been: it will just be that dozy time between sleeping and waking, because now you will have this second one in your hands and you will open it and then you will wake and I will be there.

Sunday morning

When you wake and read this you are to believe that you are still asleep, waiting to wake and remember it's Sunday morning and that soon the phone will ring and they will tell you I am waiting downstairs, for breakfast together and ping pong and then the hours in the sun and wind and much letters (?) that cannot even make sense to anyone but us.

Then (you are still asleep, remember) you will put this one away and you will dress and have breakfast, maybe with Sally and John, and play ping pong with them and dine at the xxx xxxx (?) and return home for music and bed, and your day will be pleasant, and you will get into bed and then you will open the next one. The one for Sunday night; you will have had the pleasant day behind you but it will not have actually been, it will just be that lazy time between sleeping and waking, because now you will have this second one in your hands and you will open it and then you will wake and I will be there.

Je mets un point d'interrogation à côté des mots qui m'ont résisté jusqu'au bout et dont la transcription n'est pas fiable. Ce qui ne gêne pas en tout cas la compréhension de la lettre. J'aime à penser qu'il dit *letters*, mais c'est sûrement autre chose, la phrase ne fait pas vraiment sens, mais forçons cette transcription, cela m'amuse d'imaginer qu'ils passaient leurs journées à s'écrire des lettres comme celle-ci qu'ils sont les seuls à comprendre. Il y a deux termes impossibles correspondant clairement au nom d'un restaurant, et j'ai beau le tourner dans tous les sens, je ne parviens à lire rien d'autre que *Hall Brau*, même si ce nom ne veut pas dire grand-chose et qu'il n'est pas référencé sur internet, laissons donc un blanc.

Dimanche matin

Quand tu te réveilleras et que tu liras ceci, il faut que tu croies que tu dors encore, prête à te réveiller et à te rappeler que c'est dimanche matin et que bientôt, le téléphone sonnera et qu'on te dira que je t'attends en bas, pour petit-déjeuner ensemble, jouer au ping-pong, des heures au soleil dans le vent et un tas de lettres auxquelles personne ne pourrait rien comprendre à part nous.

Ensuite (tu dors encore, souviens-toi) tu reposeras celle-ci et tu t'habilleras, tu petit-déjeuneras, peut-être avec Sally et John, tu joueras au ping-pong avec eux et tu dîneras au xxx xxx, tu rentreras chez toi pour écouter de la musique avant d'aller te coucher, ta journée sera agréable, tu iras au lit, et alors tu ouvriras la suivante. Celle du

> dimanche soir ; une journée agréable sera derrière toi mais en réalité elle n'aura pas eu lieu, elle n'aura été que ce moment de paresse entre veille et sommeil, car tu auras désormais cette deuxième lettre entre les mains, tu l'ouvriras et alors tu te réveilleras et je serai là.

Je la lis et je m'interroge, que se passe-t-il ici ? À quoi jouent-ils, Bill et Meta ? J'ai ressassé la scène pendant des heures, en me balançant sous le porche du Weather Up, essayant de reconstituer ce matin d'un dimanche de février 1937. Une partie de la lettre décrit un fait réel : Meta se réveillera un dimanche matin et trouvera une lettre, peu après l'avoir lue, Bill arrivera chez elle pour qu'ils passent toute la journée ensemble. Une autre partie importante est censée se produire dans l'imagination de Meta où Bill lui demande, ou plutôt lui ordonne, de s'imaginer, quand elle lira la lettre, qu'elle n'est pas encore réveillée, de se contempler elle-même encore endormie, avant de se lever pour le retrouver au petit-déjeuner, jouer au ping-pong et se promener sur la plage. Lorsqu'elle se réveillera de ce rêve imaginaire rien ne se produira de ce qui va réellement se passer, car c'est par un autre dimanche qu'elle aura ouvert les yeux, sans Bill, un dimanche qui coule agréablement (je me dis que le mot *pleasant* ne va pas ici sans ironie, avec le mépris pour les choses platement agréables de celui qui est en quête de sensations fortes) en compagnie d'autres personnes, et à la fin de la journée, elle se sera de nouveau couchée, puis réveillée pour découvrir que cette journée imaginaire n'a pas eu lieu, que tout n'était que le songe de son esprit embrumé au réveil, mais ce n'est pas tout : Bill ne tardera pas à arriver chez elle pour que la journée ne soit pas simplement agréable mais intense, une journée vouée à l'amour. Un vrai bazar, si tu t'es perdue en route je ne t'en voudrai pas.

Voici donc ce qui semble se passer dans cette lettre : Bill, sachant qu'il la verra ce matin-là, demande à Meta, en se réveillant, de s'imaginer qu'elle dort encore et de se réveiller dans ce rêve en constatant que ce dont elle a rêvé tandis qu'elle s'imaginait en train de rêver n'existait pas. C'est un vœu passablement alambiqué dont je suppose qu'il participe d'un jeu très élaboré commencé depuis longtemps et qui n'est pas sans lien avec les lettres qu'ils s'envoient constamment – “plein de lettres auxquelles personne ne pourrait rien comprendre à part nous”. Je suppose que ces lettres célèbrent le moment des retrouvailles, qu'elles jouent à anticiper le moment du réveil au matin de ces retrouvailles, que par elles les deux amants s'y préparent, qu'elles en multiplient et amplifient l'expérience en y ajoutant une dimension narrative où les amants imaginent et vivent cette rencontre de mille façons, concomitantes et différentes de ce qui va réellement se passer, et quand la rencontre est sur le point d'arriver, ils vont jusqu'à jouer à imaginer qu'elle n'a pas lieu, pour la clamer ensuite encore plus fort.

J'imagine un va-et-vient permanent de lettres et de petits mots – dont beaucoup sont sans doute perdus pour toujours – qui ont dû alimenter le type d'exercices de l'imagination que Bill propose à Meta pour qu'en se réveillant, seule dans son appartement de secrétaire célibataire à Los Angeles, elle plonge dans l'espace fictif qu'ils ont tous deux construit par-delà leurs solitudes respectives, et où ils continuent à vivre ensemble des expériences, réelles ou imaginées. Ils passent ainsi toute la journée connectés, mais contrairement aux amants d'aujourd'hui, qui vivent leur connexion permanente *via* les apps de messagerie, ils restent unis par l'imagination, par leur capacité à se voir eux-mêmes du dehors, comme les personnages d'une narration qu'ils élaborent en l'absence de l'autre et qu'ils ont plus tard plaisir à se raconter, et à compléter mutuellement.

C'est une lettre confuse, peut-être ne l'ai-je pas tout à fait bien comprise et suis-je en train de m'inventer aussi bien ce qu'elle veut dire que la situation qu'elle décrit ; quoi qu'il en soit, elle m'a fait penser à nous, la comparaison est inévitable. Oui, je sais, il est absurde de vouloir comparer l'enthousiasme enfantin d'une aventure extraconjugale à ses balbutiements à la routine de nos dix-sept ans de mariage. Pourtant, avec cette lettre je me demande : quels jeux de l'imagination nous restent-ils ? Et plus exactement, quels jeux partageons-nous pour nous aider à fuir nos solitudes, quelles histoires inventons-nous où nous nous imaginons encore ensemble ?

Je ne sais pas pour toi mais moi je dirais que des jeux, nous n'en avons plus, pas plus qu'en nous couchant ou en nous levant nous ne tissons d'histoires dans lesquelles nous faisons quelque chose ensemble, des histoires dont le récit se complète quand je te les raconte, que tu imagines et emportes avec toi, qui te trottent dans la tête et que des heures plus tard tu me ramènes pleines de nouveaux détails, des histoires où tu me dis où nous irons et moi par quel moyen de transport, car pour toi le plus important est l'endroit où nous dormons alors que pour moi c'est le véhicule à bord duquel nous voyageons, toi tu imagines comment sont les draps, moi la musique qu'on met dans la voiture, toi tu choisis le mois de l'année, et moi le temps qu'il fera, toi tu me dis comment sera la vue de la chambre d'hôtel, moi ce que tu porteras sous tes vêtements, toi tu me dis à quelle heure nous sortirons du lit, moi j'invente le petit-déjeuner, toi comment nous nous habillerons pour aller nous promener sans but, sans plan, le portable oublié à l'hôtel, pour nous perdre dans la laideur de la ville, dans le pittoresque ou l'anodin, car tout, indistinctement, sera célébré, le laid, le pittoresque et l'anodin, alors je te dis où nous nous arrêterons enfin pour boire quelque chose, toi tu choisis ce que ce sera, et nous poursuivrons ainsi cette histoire qui ne cessera de grandir dans notre imagination, développant une vie propre, par inertie, déplaçant d'autres pensées, occupant beaucoup d'espace mental, s'allumant dans nos rêveries quand nous serons seuls dans un train, dans un avion, dans une réunion de travail, à la salle de sport, dans la salle d'attente chez le dentiste, en rentrant à la maison le soir, jusqu'à l'heure de nous retrouver au lit pour partager les suites de cette histoire ayant par la force des choses bifurqué dans les méandres de nos imaginations travaillant en solitaires, et une fois réunis à la fin de la journée, assembler le récit.

Grâce à la lettre je me suis souvenu que nous aussi nous partagions un récit protéique, ouvert, torrentiel, alimenté par le flux de nos imaginations, où flottaient tous les possibles ; ce que nous ferions, serions, ce qu'on serait devenus si on ne s'était pas rencontrés, les lieux que nous visiterions, nous y plongions, faisant mille simulacres de choses qui ont fini par nous arriver dans la vie et de beaucoup d'autres qui n'ont été que douces rêveries où nous réfugier dans un moment de vide. Mais il y a bien longtemps que ce récit s'est asséché, nous n'imaginons plus rien ensemble depuis des années. Tant d'années, que j'en avais même oublié qu'il fut un jour où nous imaginions ensemble, où lorsque j'étais seul dans un avion, un hôtel, une salle d'attente de dentiste, je pouvais fuir n'importe quelle solitude avec toi par ce torrent où se jetaient et se mélangeaient nos histoires, transporté vers ce lieu où nous faisions à deux quelque chose que nous n'avions encore jamais fait. Souviens-toi comme on s'amusait en imaginant que ta tante Clara et son obsédé de mari pouvaient nous voir dans les moments les plus lamentables de notre intimité – on n'a jamais établi si c'était avec des caméras cachées, à travers un miroir sans teint ou une boule de cristal, quoi qu'il en soit, le fait qu'on suscite chez eux le moindre intérêt était bien plus inexplicable que leur méthode d'espionnage. Nous répétions souvent cette fable les lendemains de cuite, les samedis et dimanches, pendant nos petits-déjeuners tardifs sans nous doucher, en sous-vêtements, où nous mangions sans plats ni couverts, à même les boîtes de conserve ou les emballages, nous ouvrions deux bouteilles de bière et nous précipitions joyeusement dans cette spirale de délires du vice, imaginant à chaque fois ce que diraient de nous et de notre nature désinvolte ta tante Clara et son obsédé de mari : tu soutenais qu'on leur inspirait un dégoût insupportable, à se couvrir la vue et crier : assez, s'il vous plaît ; moi en revanche je croyais par vanité qu'ils nous enviaient, qu'eux aussi désiraient roter fort, perdre leur matinée pour une gueule de bois, affalés aux quatre coins de la maison, dans des sous-vêtements sales ayant macéré les dernières vingt-quatre heures sur des pistes de danse, des tabourets de bar et des sièges de métro, en mangeant des restes froids du frigo, et tout en le disant, je sortais un Tupperware que j'exhibais, enhardi, devant cette petite ouverture imaginaire par laquelle nous espionnaient ta tante et son obsédé de mari, j'attrapais à pleines mains une croûte de fromage refroidie où étaient restés collés quelques spaghettis et je l'avalais presque sans mâcher. Absolument pas ! criais-tu (tu ne parles pas comme ça, me diras-tu, mais c'est un autre sujet), tu te trompes dans les grandes largeurs si tu penses qu'ils jouiraient de tomber aussi bas que nous, tu ne cherches que la consolation autocomplaisante de croire que toi au moins, tu es libre dans ta misère, que tu ne portes pas comme eux un insupportable corset, que c'est le bonheur de se lécher les doigts après les avoir trempés dans les moules en conserve, mais tu te trompes, ils nous regardent pour quelques minutes avec un mélange de dégoût et de compassion à mon égard – toi tu les dégoûtes purement et simplement – puis ils ouvrent une boîte de caviar et attendent un ministre à dîner qui leur racontera les derniers potins croustillants, bien plus juteux et succulents que toutes les insignifiantes sottises que ton ami Tomi voudra bien te raconter au bar sur ses problèmes avec son chef. Alors mon rythme cardiaque s'emballait, je criais "Stop, assez parlé !". Je faisais glisser ta petite culotte, te mordais les poils du pubis et tirais dessus jusqu'à te faire un peu mal, tu me tapais sur la tête avec le plat de la main et te tordais de rire en me faisant mal pour de vrai, et je te jurais qu'à ce moment précis ton oncle et ta tante nous enviaient, c'était sûr de sûr. Ils étaient drôles ces jeux. À quel moment avons-nous cessé d'y jouer ? Je me rends compte à présent que ce fantasme du spectateur envieux qui nous observe à travers un petit trou imaginaire est enfin devenu réalité, mais ce n'est ni ta tante ni son obsédé de mari, c'est moi, et comme je t'en fais part dans cette lettre, c'est toi aussi, c'est nous, des années après. Il y avait également cet autre jeu auquel nous jouions très souvent au lit, en voiture, au restaurant, dans celui-là je n'arrive jamais à l'anniversaire de Natalia, par conséquent je ne t'ai pas rencontrée et je finis par me marier – me mettre en ménage – avec Julia, nous continuions à sortir tous les soirs jusqu'à l'aube, d'enfants il n'était pas question, et nous étions tous deux virés du journal, nous finissions accros à la cocaïne, formions brièvement un duo d'auteurs-compositeurs nous disant qu'au fond, avoir arrêté le journalisme était une bénédiction, nous jouions dans des bars de province puis, finalement lassés de monter sur scène, nous laissions tout tomber pour ouvrir un bar-concert à Malasaña où je jouais les mêmes chansons tous les jours tandis qu'elle accrochait ses affreuses peintures. De ton côté, tu te remettais avec Javier et te mariais avec lui, vous invitiez cinq cents personnes, l'hymne espagnol passait pendant l'Eucharistie, puis tu ne le voyais plus, puisqu'il travaillait vingt-cinq heures par jour, mais il te payait ton rêve/caprice de monter une maison d'édition de littérature, une vraie de vraie, de celles qui ne rapportent jamais d'argent, qui impriment sur du beau papier et permettent au public espagnol d'avoir enfin accès à ce poète kazakh inconnu, les années passant vous vous faisiez construire une maison à Sotogrande près d'un terrain de golf pour vous reposer des vies qui étaient les vôtres avec ceux-là mêmes qui vous rendaient la vie fatigante, mais au moins vous, vous aviez de l'espace, de la distance et des amants pour pouvoir vous supporter, pas comme nous, qui passions ensemble toutes nos soirées derrière le même comptoir, et toute la journée dans un appartement de trente mètres carrés, sans personne pour nous envier, nous faisions plutôt pitié. Je protestais “Ma vie avec Julia n’aurait pas ressemblé à ça”. Tu protestais “La mienne avec Javier non plus”. J’insistais, ça n’aurait pas pu être autrement, toi tu me disais la même chose. Nous riions, nous nous fâchions, nous riions à nouveau, je jouais à faire Javier et te flattais pour les si beaux rideaux que tu avais choisis pour la maison de Sotogrande, toi tu faisais Julia et me racontais que tu nous avais inscrits pour jouer dans un bar au festival prosahraoui de Los Caños de Meca. De nos deux défaites, nous ne savions pas au juste laquelle était la plus grande, la tienne ou la mienne. La mienne était claire, la tienne moins flagrante, mais je savais malgré tout te pousser dans tes retranchements jusqu’à te faire voir que dans cet enfer-où-on-ne-s’était-pas-rencontrés ton châtiment ne valait pas mieux que le mien.

Nous avons épuisé tous nos jeux, mais nous nous couchons et nous réveillons dans le même lit, on le fait au moins une fois par semaine parce qu’il faut bien ça, nos coïts sont toujours pareils, variations sur un même thème, un même répertoire de postures, la dose minimum de sexe oral pour éviter de nous sentir trop coincés, et nous le faisons aussi mécaniquement que nous négocions chaque année deux ou trois escapades qui se veulent romantiques, nous nous sommes même inscrits à un cours de salsa pour danser en se frottant l'un contre l'autre (où d'ailleurs nous ne sommes pas allés la moitié du temps), mais nous ne nourrissons plus ce récit commun, nous ne partons plus naviguer sur ses eaux quand nous sommes seuls, nous n'y pêchons plus rien de nouveau, car ces eaux se sont taries. Ce sont d'autres histoires que je me raconte en solitaire, elles ne se mélangent plus à celles que tu te racontes sûrement à toi-même. Et ces autres histoires m'emmènent ailleurs, vers d'autres gens, imaginaires ou réels, et il faut que je te le dise : j'ai peur qu'un jour ou l'autre la source de ma fantaisie ne finisse par croiser celle d'une autre fantaisie, et qu'ensemble, elles ne forment un fleuve, car les fleuves recherchent toujours d'autres fleuves et unis, ils deviennent puissants, ils déplacent les pierres, creusent des canyons, et à la fin, ils atteignent la mer.

Dans très peu de temps je franchirai notre porte, et je suis incapable de me l'imaginer, ni de te demander de le faire, comme l'amant le demande à sa maîtresse dans cette lettre. De ton côté, tu ne t'imagineras rien non plus. J'arriverai un samedi très tôt le matin et personne ne viendra me chercher, je prendrai un taxi pour rentrer et Tico sera le seul à m'accueillir devant la porte, il sautillera autour de moi en agitant la queue, si heureux de me voir comme chaque fois que je m'absente ne serait-ce qu'une heure ou deux, toi tu te seras organisée pour que quelqu'un emmène Carlos à son match de foot et pouvoir rester au lit, le petit-déjeuner ne sera pas servi, Carmen sortira pour m'embrasser dès qu'elle aura entendu les sauts de Tico et mes pas dans le couloir, elle courra vers moi en criant "Papa ! Qu'est-ce que tu m'as rapporté ?". Toi tu ne bougeras pas du lit, mais tu seras réveillée, feignant de dormir pour que personne ne te réclame de préparer le petit-déjeuner, ou en train de lire le journal sur ton portable, Sergio n'ouvrira pas l'œil avant d'être tiré du lit et ne sera pas surpris de me voir de retour car il ne sait ni ne se soucie de savoir ni quand je pars ni quand je rentre, sauf pour l'accompagner acheter quelque chose que tu aurais refusé de lui acheter. C'est ainsi que j'imagine mon retour à la maison.

J'aimerais, comme dans cette lettre de Bill à Meta, que toi et moi, nous ayons envie de jouer à imaginer qu'il puisse se passer quelque chose d'autre et de différent de ce qui va, on le sait, réellement se passer une fois que j'aurai atterri à Madrid samedi matin. Mais je ne me vois pas te le demander, je trouve ça ridicule, je visualise un titre de la rubrique vie de couple dans un magazine féminin. Conseils pour raviver la passion dans votre mariage. Jeu de rôles pour mettre un peu de piquant dans vos rapports. Apprenez à partager vos fantasmes avec votre partenaire. Or ce n'est certainement pas la bonne formule, il ne s'agit pas de rendre la baise plus savoureuse, toi en t'imaginant que je suis pompier et moi que tu es une fliquette ou quelque chose dans le genre, la question n'est pas d'imaginer que nous sommes quelqu'un d'autre, mais de nous imaginer nous-mêmes, ensemble.

Ne va pas croire que ce que je veux te dire avec tout ça est clair pour moi, franchement, je sais seulement que j'ai lu cette lettre et même si je ne comprends pas bien ce qu'elle signifie, il y a là quelque chose qui me fait me sentir très loin de toi, profondément seul, j'ai été pris d'angoisse à l'idée de rentrer à la maison, de continuer à être seul et loin malgré le coït hebdomadaire, la pipe charitable, le cours de danse, notre soirée cinéma, l'escapade de juillet en Écosse, et toutes ces routines que nous mettons en place pour sentir que nous sommes encore un couple. Je m'ennuie. Tu m'ennuies. Nous nous ennuyons. Ce n'est probablement rien de plus, de l'ennui. De la lassitude. Ni plus ni moins que chez la majorité des couples que nous connaissons. J'entends encore mon père me dire par un dimanche après-midi pluvieux à Santander, essayant de faire une sieste tandis que je le secoue pour qu'il trouve une solution à mon désœuvrement "Papa, je m'ennuie, qu'est-ce que je fais, dis-moi ce que je peux faire", et lui, à moitié ivre après le repas, finit par m'éloigner, lançant ses mains à l'aveuglette comme pour chasser un moustique, et crie que je dois apprendre à m'ennuyer, que dans la vie ça m'arrivera très souvent, que j'ai intérêt à apprendre dès maintenant, que c'est plus important que les tables de multiplication et que si jamais je le réveille à nouveau de sa sieste pour lui dire que je m'ennuie il me collera aussitôt une gifle et ce sera bien mérité.

Je croyais avoir déjà appris à m'ennuyer avec une dignité stoïque, avec la fierté de celui qui pense avoir gagné en sagesse et être capable de survivre à cette angoisse qui s'entasse dans la poitrine le dimanche après-midi en regardant s'en aller une semaine de plus et la suivante arriver droit sur nous, égale à elle-même. J'ai appris à vivre, croyais-je, je connais les passe-temps et les routines qui me permettent de ramener le monde entier à un ici-et-maintenant, et font disparaître tout ce sur quoi je n'ai pas prise (cette farce que d'aucuns appellent sans vergogne *the power of now* ou décrivent comme un moment zen), et c'est alors qu'arrive le dimanche après-midi, et son insupportable ennui, et moi, entièrement seul face à cet ennui, je démonte le carburateur d'une moto, je mets le dernier vinyle que je me suis acheté, je cuis un lapin de garenne en sauce pour le préparer à l'escabèche, le mettre dans un pot étiqueté et réfléchir à qui je pourrais l'offrir, quelqu'un qui n'en ait pas encore marre de mes conserves, puis je m'essuie les mains, je vous prépare le dîner, je fais la guerre des guilis avec Carmen, je sors Tico pour qu'il fasse pipi et marque son territoire, je m'allonge avec un livre ou un magazine à côté de toi, également allongée à côté de moi avec un livre ou un magazine, et nous n'imaginons plus rien ensemble, on oublie presque toujours le dernier baiser avant de dormir, mais nous terminons la journée en lecture, car aucune espèce d'écran n'est autorisée à pénétrer dans aucune des chambres de cette maison, portables et tablettes sont confisqués dans le coffre rouge de l'entrée, sous clef, avec les appareils des enfants, nous continuons à nous servir de vieux réveils que nous programmons le dimanche soir comme s'il s'agissait d'un acte de résistance culturelle face à une population abrutie par l'abus de dispositifs mobiles, et c'est ainsi que je finis la journée, en pensant que nous avons réussi une fois de plus à contrer l'assaut de l'ennui dominical, que nous savons désormais surmonter les dimanches après-midi. Mais un jour je prends un avion, j'arrive à Austin, je tombe complètement par hasard sur ces lettres, et je me rends compte que tous ces passe-temps et ces routines (tous sauf les guerres de guilis avec Carmen chaque soir, qui me font renaître) ne sont que des voiles que je mets devant moi pour camoufler l'érosion du terrain où nous paissons, de ce jardin aujourd'hui à l'état de friche. Cette correspondance me fait dire qu'il faut maintenir les voiles et les paravents, car en relisant, impudique, toutes les lettres de Bill à Meta que j'ai prises en photo, et en y voyant les années passer, je constate que Bill n'a pas réussi à échapper à l'ennui du mariage ni avec une maîtresse, ni avec toutes les ressources de son imagination, la fuite n'a que peu duré, trois ou quatre ans peut-être, il finit ensuite par écrire encore et toujours la même lettre distraite, *the thrill is gone*, le charme cesse vite d'agir, et une fois qu'il s'en rend compte, Bill se met à éprouver la nostalgie des débuts, puis, comme une dernière façon d'aimer qui finit aussi par se consumer, revient l'ennui qu'on prétendait fuir, et le pire est alors de rester prisonnier d'une double vie dont aucune n'offre d'échappatoire : c'est l'ennui en double exemplaire, celui du mariage alternant avec celui d'une aventure.

Je me demande si l'ennui est ce qui nous attend, si nous devons nous résigner, sans plus, et l'accepter comme Bill qui, à la fin, renonce à faire l'effort de trouver un alibi pour aller voir Meta, qui abandonne l'écriture et s'adonne à la chasse et à l'élevage des chevaux, je me demande si de façon libératrice *I have retired from literature, and don't have any California contacts anymore to get me out there*. La voie de la sagesse est sans doute de me consacrer à repeindre mes motos, d'en changer des pièces, d'arrêter d'écrire des futilités pour les journaux et les magazines, de collectionner des vinyles jusqu'à ce qu'on ait mangé ton héritage, de remplir le cellier de bocaux de sauces et de conserves maison et de rechercher la conversation des vieux amis dans les bars de toujours. Pouvoir dire un jour, comme Bill dans cette lettre si apaisée de 1960, la dernière de toute cette correspondance, *"my life is mostly horses now"* (ma vie aujourd'hui c'est surtout les chevaux).

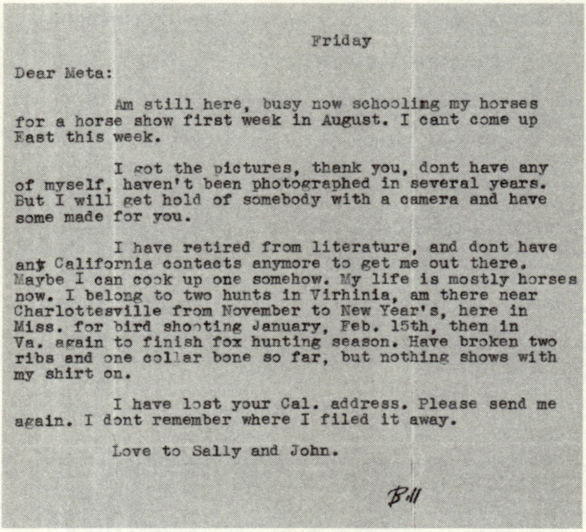
Friday

Dear Meta:

Am still here, busy now schooling my horses for a horse show first week in August. I cant come up East this week.

I got the pictures, thank you, dont have any of myself, haven't been photographed in several years. But I will get hold of somebody with a camera and have some made for you.

I have retired from literature, and dont have any California contacts anymore to get me out there. Maybe I can cook up one somehow. My life is mostly horses now. I belong to two hunts in Virhinia, am there near Charlottesville from November to New Year's, here in Miss. for bird shooting January, Feb. 15th, then in Va. again to finish fox hunting season. Have broken two ribs and one collar bone so far, but nothing shows with my shirt on.

I have lost your Cal. address. Please send me again. I dont remember where I filed it away.

Love to Sally and John.

Bill

Chère Meta,

Je suis encore là, occupé à présent à dresser mes chevaux pour un spectacle équestre dans la première semaine d'août. Je ne peux pas me rendre sur la côte Est la semaine prochaine.

J'ai bien reçu les photos, merci, je n'en ai aucune de moi, je ne me suis pas fait prendre en photo depuis des années. Mais je chercherai quelqu'un avec un appareil et en ferai faire quelques-unes pour toi.

J'ai pris ma retraite de la littérature, et je n'ai plus aucun contact en Californie pour me permettre d'y aller. Je peux peut-être m'arranger pour m'en inventer un. Ma vie aujourd'hui c'est surtout les chevaux. Je suis membre de deux domaines de chasse en Virginie, je vis près de Charlottesville de novembre jusqu'à la fin de l'année, ici dans le Mississippi pour la chasse aux oiseaux du mois de janvier au 15 février, puis je retourne en Virginie pour la saison de la chasse au renard. J'ai déjà deux côtes et une clavicule cassées, mais ça ne se voit pas avec ma chemise.

J'ai perdu ton adresse californienne. S'il te plaît, renvoie-la-moi. Je ne me souviens plus où je l'ai rangée.

Embrasse Sally et John.

Bill

Quelle imprudence d'avoir ouvert cette boîte pleine de lettres dont je me demande si je n'aurais pas préféré ne rien savoir. J'insiste, je pensais ne m'y arrêter que le temps de prendre une photo dont je ferais un genre de carte postale montrant un curieux paysage et disant "Salut, je suis ici et je pense à toi". Je voulais simplement te faire une joie, pareille à celle qu'a eue ta grand-mère avec cette fiole que je lui ai rapportée d'Israël contenant de l'eau du Jourdain, un fleuve où je ne tremperais pas le moindre orteil mais qui signifiait pour elle être tout près de Dieu. Les Grecs nous mettaient déjà en garde contre le danger d'ouvrir des boîtes dont nous ignorons le contenu, et nous-mêmes avons fait de l'ouverture de la correspondance d'autrui un délit particulièrement répugnant. J'ai été clairement puni pour mon audace, et la peine requise a été de comprendre aujourd'hui, dix-sept ans plus tard, de quoi parlait ce roman que tu m'as offert avant qu'on ne commence à sortir ensemble, quand nous cherchions encore à nous éblouir l'un l'autre, à nous montrer sous notre meilleur jour, à remplir nos maisons respectives d'objets à haute température sentimentale. Moi je t'offrais des CD avec mes chansons préférées et toi, qui lisais beaucoup à l'époque, tu me parlais des *Palmiers sauvages* comme de ton évangile, je ne comprenais rien au message que tu voulais me faire passer à travers ce livre, mais j'étais soulagé de savoir que même si je n'avais rien compris, et que je n'avais pas spécialement apprécié cette lecture, tu étais toujours partante pour passer la nuit chez moi, parler de choses profondes, baiser comme des lions et nous réveiller chaque jour enlacés, alors ma vanité était comblée à l'idée que je sortais avec un canon émue par des romans balaises que j'étais incapable de finir. Maintenant que j'ai lu ces lettres, je crois que nous n'avons jamais rien compris à cette histoire dont tu étais prête à te faire tatouer la dernière phrase – mais peut-être que je me trompe, et qu'à l'époque justement, tu la comprenais, tandis qu'aujourd'hui tu l'as déjà oubliée. Je peux dire que j'ai enfin compris ce qu'est le néant et ce qu'est la douleur quand ton ami Bill proclame qu'*entre le néant et la douleur, je choisis la douleur*. Je crois que toi et moi sommes désormais tellement proches du néant, que nous sentirions à peine la douleur de nous perdre l'un l'autre. Que reste-t-il vraiment entre nous, en dehors d'une série de routines qui ont fait de notre mariage une mécanique bien huilée ? Pour pouvoir choisir entre la douleur et le néant, il faut avoir quelque chose à perdre, et je crains que sans nous en rendre compte, nous ayons déjà fait notre choix.

Je vais t'expliquer, quitte à être taxé de *mansplaining*. C'est une vaste lapalissade, la même histoire qu'on nous a racontée mille fois dans les *telenovelas*, les chansons, le poème le plus kitsch, c'est un cliché incontournable, je veux dire l'usure, celle qui fait qu'un jour tu te réveilles et qu'il ne reste absolument rien. Pas besoin pour ça de lire *Les palmiers sauvages*, c'est trop compliqué, tu cours le risque de passer à côté du livre, c'est ce qui nous est arrivé, même Bill préfère s'assurer que Meta le comprend, dans sa lettre la plus triste après une longue période de silence : il le lui explique simplement, en deux ou trois phrases, et lui épargne ainsi la compréhension hasardeuse de ce roman que tu m'as fait lire sans l'avoir compris et que je n'ai pas compris non plus. Cette lettre est celle qui te surprendra le plus, ils devraient la mettre en épilogue du roman, pour ceux qui n'ont rien pigé :

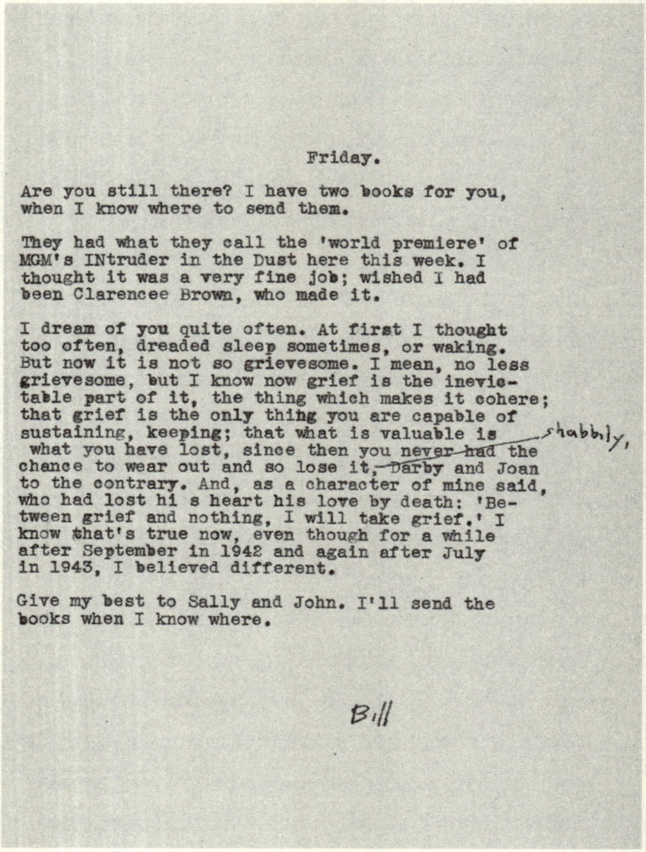

Friday.

Are you still there? I have two books for you, when I know where to send them.

They had what they call the 'world premiere' of MGM's INtruder in the Dust here this week. I thought it was a very fine job; wished I had been Clarencee Brown, who made it.

I dream of you quite often. At first I thought too often, dreaded sleep sometimes, or waking. But now it is not so grievesome. I mean, no less grievesome, but I know now grief is the inevictable part of it, the thing which makes it cohere; that grief is the only thing you are capable of sustaining, keeping; that what is valuable is shabbily, what you have lost, since then you ~~never had~~ the chance to wear out and so lose it, ~~Darby~~ and Joan to the contrary. And, as a character of mine said, who had lost hi s heart his love by death: 'Between grief and nothing, I will take grief.' I know that's true now, even though for a while after September in 1942 and again after July in 1943, I believed different.

Give my best to Sally and John. I'll send the books when I know where.

Bill

Remarque bien que le type ne se contente pas de dire *wear out*, après s'être relu, il ajoute encore à la main *shabbily*, pour insister, sans craindre la redondance, sur l'idée d'usure.

shabby

adjective, shab·bi·er, shab·bi·est.

1. impaired by wear, use, etc.; worn: shabby clothes.
2. showing conspicuous signs of wear or neglect: The rooms on the upper floors of the mansion had a rather shabby appearance, as if they had not been much in use of late.
3. wearing worn clothes or having a slovenly or unkempt appearance: a shabby person.

La musique populaire, qui se vautre allègrement sans rougir dans la fange des lieux communs, parle souvent de la même chose, de façon si évidente et explicite, qu'on ne saisit pas davantage le message, quand bien même on l'aurait mémorisé et beuglé. Rocío Jurado l'exprime tel que l'aurait voulu Faulkner, quand elle chante *“Se nos rompió el amor de tanto usarlo”* (on a cassé notre amour à force de nous en servir), et Neil Young est l'auteur de ce leitmotiv du rock apparenté à la morale des *Palmiers sauvages* : *“It's better to burn out than to fade away”* (mieux vaut s'embraser que de disparaître). Tu m'as entendu la chanter des milliers de fois, tu sais laquelle c'est, tu fais ta tête de revoilà-mon-mari-bourré-qui-nous-refait-les mêmes-sketchs chaque fois que je la joue en fin de soirée. Elle est sur son album intitulé *Rust Never Sleeps*. La rouille ne dort jamais. Le type l'a empruntée à une publicité, c'était le slogan de

Rust-Oleum, un fabricant de produits chimiques pour protéger de la voracité d'une rouille insomniaque et infatigable les voitures, les bateaux, et tout type de véhicule métallique. Tu verras, dans le garage j'ai des dizaines de bombes aérosols et de lubrifiants de cette marque, ils font même des peintures pour les tuyaux d'échappement qui résistent à des températures infernales. Ça aurait été bien d'avoir découvert à temps la potion qu'on devait mettre sur notre histoire pour la préserver de la rouille.

Ce qui est sûr c'est qu'en les cajolant, on peut aussi ravoir des motos rouillées, rappelle-toi toutes ces années que j'ai passées à restaurer la Sanglas, il m'en a fallu une entière pour qu'elle redémarre et regarde comme elle brille à présent. Quelle jolie métaphore pour se leurrer soi-même, pas vrai ? La solution a l'air facile quand je me la raconte comme si c'était un travail artisanal, de tôle et de peinture, une œuvre de restauration qui transforme par miracle une vieille chose abîmée en un flambant objet du désir vintage. Le fait est qu'il est facile de réparer une vieille moto oxydée ou en panne, car ce qui est cassé ou rouillé est visible à l'œil nu, au toucher et à l'ouïe, il suffit d'y mettre du temps et de la persévérance pour la faire redémarrer. Notre histoire aussi pourrait être un vieux véhicule en panne, mais j'aurais beau y mettre toute ma persévérance, je ne suis pas sûr de savoir où est le moteur, de quelles pièces il se compose, comment on le démonte ou le remonte pour le faire redémarrer. Et si par miracle elle démarrait je ne suis pas sûr non plus que nous saurions où aller. Je ne sais même pas si cette passion pour la mécanique maison est capable de m'offrir un recours métaphorique qui me permette de comprendre le problème (si tant est qu'il puisse être compris) ou d'en trouver la solution (si tant est qu'elle existe). Je soupçonne que mon incapacité à diagnostiquer avec précision ce qui nous arrive est due au fait qu'il ne nous arrive rien à deux, mais qu'à moi il m'arrive une chose, et à toi une autre : j'ignore si tu sens comme moi que nous avons un problème, ou si, au contraire, tu perçois ce malaise si ténu et insaisissable que j'appelle ennui, comme la dérive prévisible de toute relation que tu t'es résolue à supporter avec la même résignation que celle qui nous fait accepter la presbytie ou un sifflement dans l'oreille passé quarante ans.

Par contre en ouvrant cette correspondance, s'est imposé à moi avec une totale évidence que notre histoire est devenue une maladie chronique et dégénérative, et je n'ose pas reprendre ces dimanches après-midi avec toi sans proposer une thérapie expérimentale – même si elle devait s'avérer plus inefficace que l'humidificateur que tu mets aux enfants pour qu'ils cessent par magie de tousser.

Cette correspondance, qui m'éclaire sur tout ce qui me manquait sans le savoir et sur tout ce que je finirai par trouver insupportable, est aussi celle où je crois avoir découvert la piste d'un possible remède. Il est dans cette lettre dont voici une copie, ma préférée d'entre toutes, il y en a un paquet, je te les montrerai en arrivant à la maison. C'est moins une lettre que le story-board qui retrace en vignettes ce qui semble avoir été une bonne journée passée à faire des choses ensemble, du réveil dans le lit jusqu'à l'heure du coucher. Même si ce foutu congrès était chiant, je sens que le voyage à Austin a valu le coup, ne serait-ce que pour tenir cette lettre entre mes mains et l'observer attentivement.

Sur la première vignette Meta quitte son lit toute nue et enfile une chaussette sur sa jambe interminable, de l'autre côté de la porte de la chambre, Faulkner, anxieux, frappe d'une main et de l'autre tient une raquette de ping-pong. Pour son autoportrait il ne se sert que des attributs de la moustache et de la pipe.

Lui succède une deuxième vignette où ils prennent leur petit-déjeuner face à face avec, sur la table, ce qui ressemble à une tour démesurée de pancakes empilés sur une assiette.

Puis on a deux vignettes sur un match de ping-pong intense où, visiblement, Faulkner finit sous la table, couché à terre, épuisé, vaincu. Meta est debout, imperturbable, victorieuse.

Ensuite une voiture aux lignes très courbes, avec une roue de secours sur le coffre, passe près d'un panneau en perspective qui dit SUNSET BLV. Par la petite fenêtre arrière, aux coins arrondis,

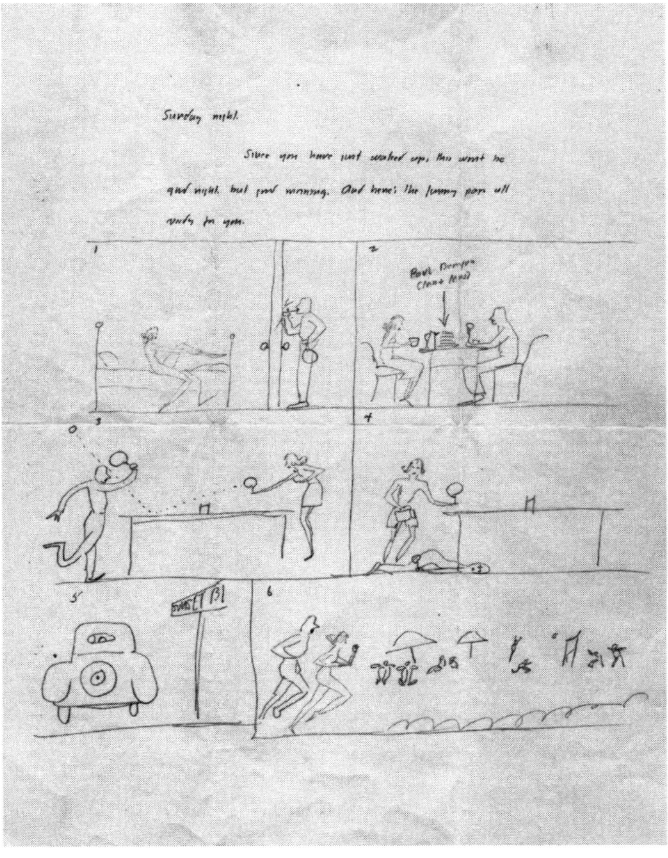

on perçoit un détail qu'il faut un moment pour déchiffrer : il y a deux cercles, ce sont leurs têtes, celle de Meta contre celle de Bill. C'est une promenade en voiture.

Sur la vignette suivante ils courent ensemble sur la plage, en arrière-plan on distingue des figures comme des bâtons, certaines sont des personnes assises sous des parasols, d'autres, griffonnées, représentent des sportifs prêts à sauter, il y a un filet, ils jouent au volleyball.

Puis Meta et Bill bronzent allongés sur le ventre, les bras en croix, ils partagent la même serviette de bain immense, sur eux un grand soleil commence à tomber.

Elle se maquille les lèvres sur la vignette qui suit, c'est un premier plan de profil, le point de vue de Bill particulièrement attentif à cet instant. Les lèvres sont au centre de l'image, il les dessine en appuyant fort son crayon sur le papier de manière à obtenir le trait le plus noir possible, ces lèvres ne sont qu'une moucheture, mais en elles se condense un brillant obscur et je m'imagine Faulkner écraser sa pointe, allant presque jusqu'à la casser pour que sur cette tache les lèvres de Meta semblent s'animer d'une vie propre, lui qui désire tant les embrasser de nouveau.

Sur la vignette suivante ils flirtent en regardant le ciel de la fin de journée, sur la même serviette, le soleil est déjà à moitié englouti sous l'horizon marin.

Puis ils retrouvent un couple d'amis et boivent des chopes de bière assis tous les quatre autour d'une table carrée dans un bar.

Sur la dernière vignette il n'y a plus personne, c'est la seule où il n'y a personne. On y voit les vêtements de Meta et de Bill suspendus à leurs chaises respectives, chaussettes, vestes, sous-vêtements, un panneau DO NOT DISTURB accroché à la porte de ce qui a tout l'air d'une chambre d'hôtel, en bas on lit *"Good Night"*.

Si tu regardes bien, il ne s'est rien passé d'exceptionnel, rien ne semble particulièrement planifié, le tout n'est qu'une succession de plaisirs gratuits, comme de s'étendre au soleil, des plaisirs aussi simples que le tennis de table et aussi bon marché qu'une bière. Pourtant j'ai l'impression que cette lettre révèle de manière très frappante la véritable anatomie de ce rare accident, celui d'un jour parfait : un homme et une femme qui recherchent la compagnie l'un de l'autre pour faire des choses ensemble et en profiter depuis le réveil jusqu'au coucher. Ça a l'air facile.

Quelque chose dans ce story-board me renvoie justement à des jours mémorables que nous avons passés ensemble, ceux auxquels j'aimerais que ressemble notre vie. Il y aurait sûrement un jour pour se perdre dans la ville, un autre pour faire des gueuletons à la chaîne sans jamais sortir de la cuisine, un autre encore à traîner au lit tout nus, un jour à planifier des voyages que nous ne ferons jamais et à dessiner des maisons que nous n'aurons jamais, un jour à fabriquer, limer, peindre ou tapisser quelque chose, jeter des trucs, changer les meubles de place, un jour d'ivresse enfermés dans un hôtel, un jour à nous habiller en quelqu'un d'autre. Autant de jours qui, c'est mon analyse, ont été improvisés à partir de thèmes et de mélodies très basiques que nous connaissions bien tous les deux – une balade sans but, un repas avec introduction et prolongations, la fabrique de l'impossible, une visite des paradis artificiels – et qui nous laissaient inventer seuls de façon fluide, simultanée, à tour de rôle, sans altérer la musique, puis reprendre en chœur à l'unisson, construire le pont de la chanson et ensemble entonner de nouveau la mélodie pour arriver avec elle jusqu'à l'heure du coucher. Il faut identifier ces jours parfaits et en faire des archétypes qui marchent comme des standards de jazz, des jours chéris dont on a extrait la mélodie pour qu'elle puisse nous servir de base, de modèle, pour la rejouer en couple et improviser ensemble à un autre moment. Des jours qu'on n'ait pas besoin de s'expliquer ou de se rappeler mutuellement, qui fassent partie d'un répertoire résistant à la rouille, qui ne tolèrent pas l'usure, comme les standards de jazz qui ne s'usent jamais, qui peuvent être joués mille fois, toujours différents sans jamais cesser d'être eux-mêmes.

Je passe en revue ces jours-là, ceux dont je crois déceler le potentiel de futurs standards, et je m'aperçois que je n'y ai pas mis un seul plan avec enfants. Ce qui est sûr, c'est que je ne recherche pas l'épanouissement de mon couple dans les moments de communion familiale, rien ne me terrifie davantage que d'entendre ta sœur parler à Emilio devant leurs enfants en l'appelant "papa", en disant merdouille au lieu de merde. Comme Felipe, qui appelle Andrea "maman" devant leur fille, et n'a plus chez lui ou sur l'écran de son portable une seule photo où ils ne soient pas tous les trois, il organise ses vacances en fonction des parcs d'attractions qu'il pourra visiter avec la petite, fait les menus de la semaine en tenant compte de ce qui plaît ou non à son enfant. En tant que père, je suis déjà comblé, je fais des guilis à Carmen tous les soirs, je regarde les courses de moto avec Carlos et j'écoute des disques avec Sergio, je n'ai pas l'intention de rechercher ce qui nous unit, toi et moi, dans le fait d'être parents des mêmes enfants, dans cette farce du "projet commun de couple", tu as déjà entendu ce qui arrive quand le père supplante le conjoint, eh bien le jour où les enfants quittent le nid, tu te retrouves seule avec un inconnu ridé que tu croises dans les couloirs de ta maison vide, et bien qu'il n'y paraisse pas, on n'en est pas si loin.

Avec le temps on a oublié comment fabriquer ensemble un jour parfait, on est incapables d'entonner spontanément cette vieille mélodie et d'improviser dessus en duo, on est sans arrêt à côté de la chanson, on joue sans s'écouter, on perd vite en intensité, tout semble prévisible et récité à voix basse comme le font les vieilles à la messe. L'escapade à Palerme le mois dernier en a été l'exemple parfait, inutile d'aller chercher plus loin. Laisse-moi te la dépeindre en entrant dans le détail, en m'arrêtant sur ces brefs moments d'inattention, ces gestes et interférences qui finissent par faire de ce jour que nous avons voulu parfait une petite déception. Mon intention n'est pas de te reprocher quoi que ce soit, tu aurais sûrement, pour compléter l'analyse, des détails similaires à apporter sur moi, qui t'ont irritée inconsciemment (ou non), mais je doute que cela changerait grand-chose à l'affaire.

La journée a commencé à mal tourner par excès de rigidité dans le programme : tu t'es obstinée à vouloir aller au restaurant que t'avait recommandé Stefano, une bête de salle de sport qui n'aime pas manger et confond par conséquent bien manger et dépenser plein d'argent, il est par ailleurs originaire de Milan et habite Madrid depuis dix-sept ans, il est donc touriste tout autant que nous en Sicile, ajoute à cela que c'est le genre de personne qui aimerait mieux crever plutôt que s'avouer vaincue quand tu lui poses une question dont elle n'a pas la réponse, qui ne peut supporter de ne pas avoir au minimum trente bonnes adresses, mais toi tu acceptes qu'il réserve pour nous comme s'il nous rendait un service, comme si on ne pouvait pas réserver en anglais ou par internet, il le fait uniquement pour te lécher les bottes parce que tu es sa cheffe, résultat, il a merdé : on y va et les pâtes sont tièdes, tu es indignée car d'après toi ça n'en vaut pas le prix, tu passes tout le repas énervée en disant que c'est une arnaque et il devient impossible de parler d'autre chose, jusqu'à ce que Stefano t'envoie un message, alors tu lui réponds que tout est génial avec sept émoticônes, puis tu te souviens qu'il faut que tu lui dises un truc sur l'organisation des petits-déjeuners d'un cycle de conférences, et tu l'appelles, ce qui est censé ne me faire ni chaud ni froid puisqu'il est gay, donc rien de grave, mais ce qui est grave c'est que je suis avec toi, en train de dîner à Palerme, et que toi tu n'es pas là. Je renchéris, je sors mon téléphone et commence à raconter au premier qui me répond que Palerme est de toute beauté, j'envoie au hasard la photo d'un bougainvillier entortillé autour d'un pied de jasmin, le tout dépassant d'un vieux muret, alors ma sœur ne tarde pas à me dire qu'elle m'envie ce voyage, qu'elle veut plus de photos, et est-ce que j'ai aperçu des mafieux, voilà comment je cesse à mon tour d'être là. Quand, enfin, tu te rends compte que nous sommes une de ces tables pour deux qui n'ont rien à se raconter, tu me proposes en souriant d'éteindre nos téléphones jusqu'à l'heure de l'opéra, et c'est encore pire, car il devient plus que jamais évident que nous n'avons vraiment rien à nous dire, on se force à faire des commentaires, est-ce qu'on devrait continuer à insister pour que Carlos aille au foot le week-end ou bien le laisser faire ce qu'il a envie, est-ce qu'on met le chauffage au sol et bazarde les radiateurs, ensuite on entonne le petit couplet sur le dernier implant capillaire de ton oncle, et bientôt on se retrouve à nouveau sans rien à se dire, bruits de couverts sur les assiettes, regards vers d'autres tables, toi tu me dis que les pâtes c'était pas si scandaleux, tu répètes que c'est vraiment cher, tu déclares agacée que tu ne comptes pas laisser plus de 1 euro de pourboire, moi j'ai déjà arrêté de t'écouter et je me refais la liste de tous les bars devant lesquels on est passés en chemin et où je t'ai dit "On pourrait aller là plutôt, et tu annules la réservation", où tu m'as répondu qu'on ne pouvait pas annuler cinq minutes avant, que c'était sans-gêne, qu'il fallait aller dans cet endroit pourri où Stefano nous a envoyés sans avoir la moindre idée de ce que c'était, et nous y voilà, c'est ici qu'il faut que je te dise que ceux qui se sont réveillés ensemble réellement mus par le désir de se fabriquer un jour parfait sortent d'un restaurant cher et décevant avec le sourire, et trouvent la manière de retourner la situation, il suffit de taper un scandale, de partir en courant sans payer, de faire appeler le chef et lui dire ses quatre vérités, d'être ivre au point de faire tomber trois fois ton verre par terre et qu'on te demande de t'en aller, comme cette fois à Londres dans ce jap à la mode, où ils nous ont servi un sashimi de ventrèche immangeable et que tu leur as dit que j'appartenais à une lignée de pêcheurs de la Cantabrie, que j'étais propriétaire d'une flotte de thoniers, océanographe, expert de renommée mondiale sur l'anatomie du thon, et que le chef de salle est devenu tout rouge, même le chef cuisinier est venu présenter ses excuses, et qu'ils nous ont offert plus de saké qu'on ne pouvait en boire, tu as vomi dans les toilettes, tu as redécoré la cuvette et un pan de mur dans le style Pollock, tu es ressortie de là en chantant des *rancheras*, l'arrière de ta jupe coincée dans ta culotte, je te l'ai signalé et tu m'as répondu que tu l'avais fait exprès pour te faire remarquer et qu'avec un peu de chance, on se fasse mettre à la porte sans payer.

Voilà un jour à inscrire dans notre répertoire de standards, si nous l'avions invoqué, nous aurions changé le cours de ce dîner à Palerme, mais nous sommes restés là le nez dans l'assiette, à dire que ce n'était pas bon, qu'on trouvait ça cher, que ça aurait été mieux d'aller ailleurs et ce n'était pas vrai, parce que nous aurions pu imaginer mille façons de faire de ce repas une fête, comme nous l'avions fait dans ce jap infect, que je n'aurais changé pour aucun autre jap au monde, aucun, car ce fut l'un de nos dîners les plus mémorables et les plus heureux, tant, précisément, tout y était mauvais. Nous aurions dû renouer avec l'esprit de ce jour-là, mais non, tu as commandé de l'eau gazeuse, tu as refusé le shot de grappa offert par la maison et tu t'es mise à additionner minutieusement chaque ligne de la note sur la calculatrice de ton téléphone, dans l'idée de les prendre en faute et de confirmer les intentions frauduleuses que tu leur prêtais, or c'était du côté de la grappa et pas de la calculatrice qu'il aurait fallu faire pencher la balance, moi j'ai accepté le naufrage de cette journée et je n'ai rien fait pour la remettre à flot. Mais ce n'est qu'un exemple, je ne suis pas en train de te dire que le manuel *Sex & Drugs & Rock'n'roll* est la solution à tout ni qu'il faut toujours s'enfiler une bouteille de grappa comme un biberon.

Je suis déjà un peu éméché, donc tu me pardonneras si je commence à dire des bêtises, ces exercices d'introspection/rétrospection/futurologie marchent mieux en regardant s'élever un épais nuage de fumée de cigare telle une boule de cristal (je viens de vérifier sur Wikipédia : les Grecs appelaient ça la capnomancie), et je suis incapable de fumer un cigare sans un verre d'alcool fort pour m'éclaircir le gosier, me voici donc à une terrasse de NYC en train de finir cette lettre sur laquelle j'ai passé la journée, en enchaînant dangereusement les consommations, mais bon, tu le sais mon cœur, *in vino veritas*. Platon lui-même faisait des libations jusqu'à l'aube pour pouvoir parler d'amour dans de bonnes conditions.

Comme tu dois certainement penser que j'arrange toujours tout avec l'alcool, je vais te donner un autre exemple parfaitement sobre et serein, contrairement au cas du dîner à Palerme, je vais évoquer un jour qui commence mal et finit sur la découverte d'une mélodie que j'aimerais inclure à notre répertoire. Sergio avait un an quand nous l'avons laissé une semaine en juillet chez mes parents à Santander, c'était la première fois depuis qu'il était né qu'on se débarrassait de lui pour quelques jours. Nous sommes partis juste avant le repas pour ne pas somnoler en conduisant, à peine Sergio endormi. Nous nous retrouvions seuls tout à coup et nous avions une semaine devant nous, la première depuis que nous étions devenus parents. J'avais hâte de sortir en trombe de chez les miens, souviens-toi, mon père s'était fâché parce qu'il avait acheté des étrilles et des pouces-pieds pour l'apéritif et qu'on n'a même pas voulu y goûter. Il s'est mis à pleuvoir des cordes juste avant qu'on monte dans la voiture, ma mère nous disait d'attendre que ça se calme, que nous allions nous tuer sous cette pluie. Nous ne nous étions même pas douchés pour enlever le sel du bain matinal. Tu étais angoissée, comme si tu abandonnais ton fils aux portes d'une église. Il a fallu mettre les feux de croisement, la nuit était tombée en plein jour, les essuie-glaces ne suffisaient plus à réduire la quantité d'eau qui nous tombait dessus en faisant un tel vacarme qu'on n'entendait même plus la musique dans la voiture, à chaque virage tu posais tes mains sur le tableau de bord et tu fermais les yeux comme pour parer au choc d'un accident qui ferait de ton bébé un orphelin, "Ne double pas", me demandais-tu mortifiée, alors qu'il était exclu de rouler à plus de trente à l'heure. Finalement, nous avons dépassé les montagnes et l'orage était derrière nous. S'ouvrait devant nos yeux une mer jaune de blé fauché sous un ciel bleu, avec des plages de terre ocre, de petits atolls verts formés par les peupleraies cachant de secs ruisseaux, des villages aux noms composés échoués comme des bateaux à l'abandon, les tours de leurs églises en guise de phares, seules lignes verticales à l'horizon de Tierra de Campos. Moi je voulais rentrer à Madrid sans nous arrêter, en doublant les camions cinq par cinq, garer la voiture sur le passage piéton s'il le fallait, et avec les grands-parents et le bébé enfin loin, te faire l'amour dans l'entrée, dans l'ascenseur, dans le couloir, dans la chambre, te laver le sel de mer à coups de langue, nous doucher ensemble après et sortir en courant pour la séance de ciné de 20 heures, nous prendre quelques tapas, quelques bières, seuls, enfin seuls ! Tu as commencé à sortir de ton brouillard d'angoisse dès que nous avons dépassé les montagnes et que tu as vu les champs ouverts, les longues lignes droites, les mirages sur l'asphalte brûlant, je me suis mis à lire à voix haute les noms composés des villages, tu t'es souvenue qu'on t'avait parlé d'une très jolie église à Carrión de los Condes, tu m'as proposé de nous arrêter pour la voir, je t'ai répondu que je voulais faire la route d'une traite, nous avons eu une discussion, tu ne comprenais pas où était l'urgence, j'ai été à deux doigts de te dire que ce détour nous coûterait la partie de jambes en l'air que nous aurions encore eu le temps de faire avant la séance de 20 heures, qu'il pourrait même nous coûter la séance de 20 heures, alors il ne resterait plus que la séance nocturne, et il n'y aurait ni bières ni tapas après le ciné puisqu'il serait trop tard, mais je me suis aussi dit que si j'avais le dernier mot, tu arriverais à Madrid de mauvaise humeur, et il ne serait plus question de partie de jambes en l'air, ni probablement de ciné, ni de bières, mon plan était déjà presque complètement à l'eau, il ne me restait plus qu'à sauver la baise à l'arrivée et renoncer à tout le reste, je ne voyais déjà plus que défaites à l'horizon, tu m'as demandé de t'écouter pour une fois dans la vie, qu'il fallait voir cette église, tu étais sûre qu'elle me plairait, j'ai relevé le défi et je t'ai dit que quitte à faire un détour, autant le faire pour de bon, *let's go deep*, et j'ai proposé qu'on passe aussi voir la villa romaine de Saldaña, ça faisait des années que je voulais voir ces mosaïques, on disait toujours qu'on s'y arrêterait un jour, et au final on ne s'arrêtait jamais dans le coin, car les gens de Santander prennent la route si impatients de voir la mer, et sont au retour tellement saturés de calamars, de *caricos* rouges de Cantabrie, et de famille, sont si pressés de retrouver l'anonymat de Madrid, qu'ils ne s'arrêtent jamais à Palencia. C'était encore l'heure du déjeuner, le soleil et le thermomètre étaient au plus haut, et tu as dit "D'accord, on a le temps de tout faire, on s'en fiche, on peut bien arriver quand ça nous chante", je t'ai demandé de sortir la carte routière de la boîte à gants, c'était encore l'époque où le GPS n'était pas vraiment fiable, où il valait mieux suivre les cartes, on a quitté la route pour regarder, j'ai arrêté la voiture au bord d'un chemin de terre, le vent a soulevé un nuage de poussière, j'ai commencé à entendre les grillons, et alors j'ai ressenti une euphorie inespérée : nous dépliions une carte, tous les deux, enfin seuls, à l'écart de la route, tu avais dit que l'heure n'avait aucune importance, et subitement c'est ce qui s'est passé, ça n'avait plus aucune importance, j'ai renoncé allègrement à mes plans, le temps avait perdu sa consistance. J'ai ouvert l'étui à CD, cherchant de la grande musique d'autoroute, impatient d'en choisir un, hésitant, il y en avait tellement que je trouvais bons, j'ai commencé à stresser, il ne fallait pas se rater, le risque du mauvais choix était fatal, c'était à ce moment-là la décision la plus importante de nos vies, je me suis arrêté sur *Astral Weeks*, ça ne pouvait être que ce disque-là, m'as-tu dit, il fallait que ce soit *Astral Weeks*, on était déjà d'accord sur un point, j'ai attendu qu'on démarre pour appuyer sur *play*, le voyage et la chanson devaient commencer en même temps, j'ai monté le son à fond la caisse, on a baissé les quatre vitres, *if I ventured in the slipstream* tu as posé ta main sur ma cuisse, *between the viaducts of your dream* j'ai sorti le bras gauche par la fenêtre, j'ai ouvert grand la main pour sentir la résistance de l'air brûlant *to be born again*, *to be born again*. Mets-toi cette chanson immédiatement, pendant que tu lis ceci, tandis que moi, je l'écoute en écrivant. Je ferme les yeux, je suis sur cette route, j'arrive bientôt à Saldaña, ça m'était bien égal d'arriver à la villa romaine avec ses mosaïques ou à l'église de Carrión de los Condes, je ne voulais rien d'autre qu'être sur cette départementale, hors du temps, avec toi qui me touchais la cuisse, attraper l'air avec les mains, en écoutant *Astral Weeks*.

Nous sommes passés par un champ avec une montagne de bottes de foin empilées, je t'ai proposé de nous arrêter pour y grimper, tu m'as regardé avec un sourire et tu m'as répondu "Allons-y", nous avons laissé la voiture sur un chemin de terre, nous n'avons même pas fermé les portières, nous avons couru en direction de ce monolithe éphémère de blocs de paille et l'avons escaladé comme si c'était une épreuve dans un de ces absurdes concours télévisés, contrairement aux apparences les fagots n'étaient ni mous ni inoffensifs, les tiges dures du blé coupé à la faux s'enfonçaient dans la peau, on s'est écorchés, on a légèrement saigné des bras et des jambes, et on est arrivés en haut morts de rire, comparant nos blessures, et de là on a contemplé la monotonie de la campagne castillane, on n'avait pas d'appareils photo sur nos portables, ni de réseaux sociaux pour publier notre exploit, et quand on en a eu assez de scruter le paysage, on s'est allongés un moment sur la paille, comme des fakirs, sous un soleil ardent, on a juré de ne jamais oublier qu'on était fous et qu'on ferait toujours des choses comme ça, puis on est redescendus et on s'est engouffrés dans la voiture, on a remis *Astral Weeks* depuis le début, on est arrivés à Saldaña, on a sauté le repas, on a vu les mosaïques de la villa, ces scènes tourmentées, pleines de violence, d'hommes et d'animaux se chassant et se mordant les uns les autres, sur un sol de tesselles de couleurs si minutieusement dessinées, tant de travail uniquement pour décorer le sol qu'on foulait dans une maison au milieu de nulle part, puis encore à jeun et émerveillés par ce monde païen, nous sommes allés à l'église que tu voulais voir, on y célébrait la fin de la messe du dimanche après-midi, elle était pleine d'octogénaires, avec un ou deux cyclotouristes allemands en train de prendre des photos, alors tu m'as proposé de communier, de faire le voyage complet car le voyage se doit toujours d'aller du terrestre vers l'infini, de manger le corps du Christ dans cette église et avec tous les vieux de Carrión, ce que je n'avais pas fait depuis ma première communion, je t'ai suivie dans ton *trip*, je me sentais bien, capable de trouver du sens à n'importe quel rite, j'ai communié, puis je me suis agenouillé et durant ce bref silence qui suit la communion j'ai prié pour qu'il y ait encore beaucoup de jours comme celui-ci. Nous avons marché dans le village et nous sommes tombés sur un hôtel charmant dans un monastère, je t'ai dit que si nous repartions très tôt, je pourrais encore arriver à temps à ma réunion du lundi, toi à l'époque tu finissais ta thèse de doctorat, tu n'avais aucun cours le lundi, tout t'allait au fond ce jour-là, et nous n'avions toujours pas envie de rentrer, nous avons payé pour une chambre double, nous avons ri en voyant le lit à baldaquin si fantaisiste, quand on a refermé la porte j'ai commencé à me sentir nerveux, tu m'as dit que tu venais d'avoir tes règles, alors j'ai compris qu'on ne ferait pas l'amour, et dès que je l'ai compris, j'ai vite senti que ça m'était égal et je te l'ai dit, car nous avions eu un jour parfait, je me sentais si proche de toi, je voulais simplement rester dans tes bras, voilà comment nous nous sommes endormis, et voilà comment nous nous sommes réveillés.

Des jours comme ceux-là pouvaient, alors, nous arriver. Parfois d'ailleurs, ils nous arrivaient. Ces jours où nous nous cherchions et où nous nous trouvions. Et puis subitement, nous avons beau prévoir, ces jours-là ne viennent plus. Nous savons comment faire, quelles sont les astuces, quelle musique il faut mettre, où aller et quand, mais ça ne marche pas : *the thrill is gone*.

Il se pourrait que la clef ne soit pas tant de disposer d'un répertoire de jours dont nous voudrions d'une manière ou d'une autre revivre le souvenir, mais d'être prêts à les vivre, d'être capables de partager un désir soudain de quitter la route. C'est important d'avoir en mémoire la recette du jour parfait, mais ce qui l'est encore plus c'est de savoir l'accueillir, suivre ses traces quand se profile l'éventualité d'un grand jour. Je sais que la plupart des journées qui nous attendent seront des révisions de devoirs, des petits-déjeuners à base de fruits et de yaourt, l'école des enfants, le bureau, un peu de télé ou de lecture pour t'endormir avant minuit, mais la porte doit rester ouverte, non plus sur le grand jour à venir, mais sur notre capacité à imaginer ensemble qu'il viendra.

Demain je prendrai l'avion de retour, j'aurais aimé t'envoyer cette lettre par courrier express et qu'elle arrive avant moi, que ce soit une lettre manuscrite, une enveloppe à ton nom, avec le cachet de NYC et la date de demain, une enveloppe que je scelle avec ma salive et que tu es surprise de recevoir, car tu ne reçois plus de lettres, encore moins de ton mari, alors tu l'ouvres et tu la lis, je voulais l'imprimer et l'annoter à la main dans la marge, un dessin, une rature au stylo comme ce *shabbily* dans la lettre de Faulkner, mais j'ai peur qu'elle n'arrive pas à temps, ou que vous ne soyez pas à la maison quand le postier passera. Je te l'enverrai par mail avant l'embarquement, après quoi j'éteindrai mon téléphone et ne le rallumerai pas avant d'être arrivé chez nous, je ne veux pas connaître ta réaction avant de t'avoir vue. Tu recevras ce mail avant de dormir, quand vous serez tous au chaud à la maison. Je t'enverrai aussi un message pour te prévenir que je t'ai envoyé un mail. Un message bref mais efficace, qui te mette en état d'alerte et d'urgence, autrement je ne suis pas certain que tu te mettes à lire un si long mail de moi, cela fait bien longtemps que tout ce que je peux écrire t'ennuie. Ce sera quelque chose du genre "Le moment est venu, il faut qu'on parle. Va voir le mail que je t'ai envoyé". Je suppose que le stratagème fonctionnera. Rien ne fait plus peur que la phrase "Il faut qu'on parle", je t'avoue que j'attendais depuis plusieurs années le moment où ce serait toi qui me le dirais, et je m'imaginais que tout ce que tu aurais à me dire serait bien pire et plus grave que ce que je t'ai en fin de compte raconté moi-même dans cette lettre. Je ne suis pas en train de te dire qu'il faut qu'on se sépare, que j'ai rencontré quelqu'un d'autre, qu'avec toi je n'en peux plus. Je me demande si j'aurais réussi à te faire rire, à te faire pleurer, à toucher ta corde sensible. Dans le cas contraire, j'aurais échoué, mais bon, après tant d'années, je suppose que tu es passablement immunisée contre ma capacité à manipuler par le langage écrit. Avant d'arriver au bout de cette lettre, je veux jouer à la même chose que Bill. Je veux que tu imagines avec moi mon arrivée.

C'est samedi matin, tu t'es réveillée tôt pour préparer le petit-déjeuner de Carlitos, ils sont venus le chercher pour son match. Sergio et Carmen dorment encore, et tu es retournée dans notre chambre, tu te remets au lit avec un thé. Tu sais que d'un moment à l'autre je vais sonner à la porte, tu supputes que j'arriverai dans un état catatonique et que je voudrai passer le reste de la journée au lit, et que tu devras t'occuper des enfants pour le reste de la journée tandis que j'agonise. Mais quand on sonne à la porte, ce n'est pas moi, c'est ma cousine María, qui vient garder les enfants, elle va leur faire des pizzas maison et les emmener au cinéma puis ils iront dîner au VIPS et elle restera pour la nuit. María te dira que je t'attends à l'hôtel Orfila pour le petit-déjeuner, que je lui ai dit de te faire belle, avec ta robe verte à fleurs et un chapeau. Elle te dira aussi de ne pas m'appeler, que mon téléphone est éteint, que je n'ai pas l'intention de l'allumer avant lundi, et de sortir, s'il te plaît, sans le tien. Toi tu as déjà cette lettre, et tu sais que je fais mon possible pour que nous passions une bonne journée. Je t'interdis de penser à ce que nous coûtera cette aventure, ce sera cher, je ne regarderai pas à la dépense, on sera peut-être même obligés de payer avec ta carte, mais qu'importe, si on n'arrive pas à boucler la fin du mois on mangera des conserves, ils ne vont pas virer les enfants de l'école, au pire on demandera de l'argent à tes parents, ce n'est pas ce qui leur manque, et s'ils n'en ont pas, ils n'ont qu'à demander à l'obsédé de mari de ta tante. Je te préviens, si tu prends ton portable je te le confisquerai, je dirais même qu'il n'est pas impossible que je le détruise pour t'éviter toute tentation de t'en servir. Après le petit-déjeuner, qui sera long et copieux, plus une bouteille de champagne (ou deux), nous irons au Prado. Voir seulement deux tableaux, j'ai déjà choisi le mien et tu devras choisir le tien. Moi ce sera le portrait de la marquise de Santa Cruz, de Goya. Cette femme avec une lyre et une couronne de fleurs de vigne, semblant t'inviter sur le lit rouge où elle est étendue, le corps dans une posture d'offrande. De là nous irons au Real Jardín Botánico, et je t'emmènerai dans le coin des tilleuls, qui est toujours désert, et là, à l'ombre des arbres, je t'embrasserai et te caresserai furieusement, il est important que tu portes ta robe verte car je pourrai même te faire l'amour assis sur l'un des trois bancs, tel sera mon but, à condition cependant qu'il n'y ait personne dans les parages quand on arrive. S'il n'y a personne, tout sera plus facile, ceux qui se montreront dans le coin et nous surprendront s'en iront, choqués, peut-être iront-ils même appeler un gardien et nous chasseront-ils du jardin, comme Adam et Ève. Je l'espère. Puis nous marcherons jusqu'à la Casa Toni, nous mangerons une magnifique oreille de porc et des rillons, car on jouit toujours plus du luxe par contraste avec la trivialité. De là, vidés, nous rentrerons à l'hôtel en taxi et nous ne quitterons plus la chambre. Nous prendrons ensemble un long bain presque brûlant car j'aurai réservé une chambre avec une grande baignoire à bulles. Nous pourrons alors parler autant qu'il le faudra, nous resterons enfermés, sans nous habiller jusqu'au dimanche, et nous essaierons de trouver la position impossible pour dormir enlacés sans couper la circulation du sang ni engourdir nos extrémités. Puis le dimanche nous achèterons des churros et nous irons à la maison de bonne heure, pour arriver à temps pour petit-déjeuner avec nos enfants, María partira dans la foulée, nous nous assiérons dans la cuisine et nous les regarderons et nous serons si heureux d'être cinq, d'avoir fondé cette famille, et après le petit-déjeuner nous passerons la matinée affalés à lire des journaux et nous commanderons des hamburgers, puis nous regarderons un film tous ensemble, nous ferons une longue sieste et nous reprendrons notre vie normale, avec le souvenir d'avoir passé une bonne journée.

Tu dois être en train d'aller au lit à présent, sans savoir si quand l'interphone sonnera demain à 9 heures, tout ce que j'ai imaginé ici se produira, si ce sera María venue s'occuper des enfants pour que ce rêve soit possible, ou si ce sera moi, arrivant épuisé et jet-lagué, prêt à passer toute la journée allongé en caleçon n'importe où dans la maison pendant que tu t'occupes des enfants. Parce que vu d'ici, soigner avec une très chère dose d'hôtel et de champagne ce que nous n'avons même pas été capables de diagnostiquer n'a aucun sens, et je ne peux m'empêcher de penser que tu as même probablement été agacée par le simple fait d'insinuer qu'une journée de gaspillage, de saoulerie et d'abandon parental soit la meilleure manière de traiter ce vague malaise, qu'on tolère comme un caillou dans la chaussure, qui ne fait vraiment mal que certains dimanches après-midi quand on se penche sur la semaine qui nous attend et qu'on remarque à quel point elle ressemble à celle qui s'en est allée pour toujours, ce malaise qui ne nous angoisse que certains matins à l'heure où nous nous réveillons ensemble, où nous nous ignorons mutuellement et constatons que nous sommes déjà si près du néant, ne vaudrait-il pas mieux opter pour la douleur et commencer à nous contenter de ce qui est perdu ? Le plus honnête est sans doute que l'interphone ne sonne pas demain et que je ne revienne plus que pour emmener les enfants faire un truc ou deux avant de te les ramener.

Comme je te le disais, je n'aspire à rien réparer du tout, je ne crois pas qu'il y ait quoi que ce soit de réparable, j'aspire seulement à passer une bonne journée de temps en temps, je ne demande pas plus, ça me suffit. Un jour sauvage et à jeter l'argent par les fenêtres, comme celui que j'ai fantasmé à l'Orfila, ou alors pas cher, inattendu, spontané, comme celui à Tierra de Campos, qui naîtrait inopinément, comme naît parfois une fleur dans la lézarde du mur en pierre. Il aurait peut-être même mieux valu que je ne t'aie pas envoyé cette lettre, et que je continue à attendre cette bonne journée, sans faire peser sur toi la responsabilité de l'inventer avec moi, car je devine que ce ne peut être que source de frustration.

Peut-être que je rentrerai et que c'est toi qui ne seras pas là, qui auras quelque chose à me dire que je ne soupçonne pas encore, car il est très probable qu'en réalité je te connaisse mal, que je ne sache même pas ce qui se joue en toi, que je ne sois pas capable de comprendre ton désir, car tu dois certainement désirer quelque chose toi aussi.

Mais restons-en là, sur le suspense de savoir ce qui se passera demain, quel genre de journée nous attend, nous savons au moins que ce ne sera pas comme d'habitude, que demain enfin il nous arrivera quelque chose.

Je t'aime. Je t'embrasse.

Luis

« un endroit où aller »

extrait du catalogue

226. Caroline Lunoir
LA FAUTE DE GOÛT

227. Hélène Frappat
INVERNO

228. Jorn de Précy
LE JARDIN PERDU

229. Anna Maria Ortese
MISTERO DOLOROSO

230. Nicole Roland
LES VEILLEURS DE CHAGRIN

231. Éric Vuillard
LA BATAILLE D'OCCIDENT

232. Éric Vuillard
CONGO

233. Valerio Magrelli
CO[RPS]-PROPRIÉTÉ

234. Valerio Magrelli
ADIEU AU FOOT

235. Henry Bauchau
TEMPS DU RÊVE

236. Jean-Claude Grumberg
VOTRE MAMAN

237. François Poirié
À LA LISIÈRE

238. Brigitte Allègre
LE CORAIL DE DARWIN

239. James Matthew Barrie
ADIEU, MISS JULIE LOGAN

240. Hubert Nyssen
DITS ET INÉDITS

241. Bertrand Leclair
MALENTENDUS

242. Cécile Ladjali
SHÂB OU LA NUIT

243. Jean-Luc Outers
DE JOUR COMME DE NUIT

244. Gisèle Bienne
L'ÉTRANGE SOLITUDE DE MANFRED RICHTER

245. Justine Augier
JÉRUSALEM

246. Jean-Claude Grumberg
POUR EN FINIR AVEC LA QUESTION JUIVE

247. Emanuele Trevi
QUELQUE CHOSE D'ÉCRIT

248. François Emmanuel
AVANT LE PASSAGE

249. Olivier Py
SIEGFRIED, NOCTURNE

250. Claude Miller
LE CINÉMATOGRAPHE

251. Clark Ashton Smith
LA FLAMME CHANTANTE

252. Carole Zalberg
FEU POUR FEU

253. Bertrand Leclair
LE VERTIGE DANOIS DE PAUL GAUGUIN

254. Claudie Gallay
DÉTAILS D'OPALKA

255. Éric Vuillard
TRISTESSE DE LA TERRE

256. Valerio Magrelli
GÉOLOGIE D'UN PÈRE

257. Teodor Cerić
JARDINS EN TEMPS DE GUERRE

258. Lucien X. Polastron
UNE BRÈVE HISTOIRE DE TOUS LES LIVRES

259. Geneviève Marie de Maupeou, Alain Sancerni, Lyonel Trouillot
DICTIONNAIRE DE LA RATURE

260. Yves Chaudouët
ESSAI LA PEINTURE

261. Gisèle Bienne
LA BRÛLURE *suivi de* MARIE-SALOPE

262. Jérôme Orsoni
DES MONSTRES LITTÉRAIRES

263. Olivier Dubouclez
HISTOIRE DU BASILIC

264. Jhumpa Lahiri
EN D'AUTRES MOTS

265. Walt Whitman
ÉCRITS DE JEUNESSE

266. Gustavo Dessal
TROP ROUGE

267. Jean-Philippe de Tonnac
AZYME

268. Frédéric Jacques Temple
UNE LONGUE VAGUE PORTEUSE

269. Jérôme Orsoni
PEDRO MAYR

270. Rosie Pinhas-Delpuech
L'ANGOISSE D'ABRAHAM

271. Éric Vuillard
14 JUILLET

272. Javier Cercas
LE POINT AVEUGLE

273. Anna Maria Ortese
LES PETITES PERSONNES

274. Catherine David
LETTRE OUVERTE À MA MAIN GAUCHE

275. Gisèle Bienne
LES FOUS DANS LA MANSARDE

276. Jérôme Orsoni
LE FEU EST LA FLAMME DU FEU

277. Giorgio Van Straten
LE LIVRE DES LIVRES PERDUS

278. Éric Vuillard
L'ORDRE DU JOUR

279. Olivier Dubouclez
ALMERÍA

280. Jean-Claude Grumberg
POUR EN FINIR AVEC LA QUESTION JUIVE
(L'ÊTRE OU PAS)

281. Emanuele Trevi
LE PEUPLE DE BOIS

282. Edgar Morin
L'ÎLE DE LUNA

283. Mark Twain
CETTE MAUDITE RACE HUMAINE

284. Frédéric Jacques Temple
DIVAGABONDAGES

285. Jean-Michel Ribes
CRIS ÉCRITS

286. Armand Farrachi
LE TRIOMPHE DE LA BÊTISE

287. Edoardo Albinati
UN ADULTÈRE

288. Éric Vuillard
LA GUERRE DES PAUVRES

289. Gisèle Bienne
LA MALCHIMIE

290. Caroline Fauchon
SANS EUX

291. Patrick Cloux
DURER ENCORE

292. Fabio Viscogliosi
HARPO

293. Espedite
COSMÉTIQUE DU CHAOS

294. Sébastien Berlendis
DES SAISONS ADOLESCENTES

295. Emanuele Trevi
SONGES ET FABLES

296. Gisèle Bienne
L'HOMME-FRÈRE

297. Pierre Loti
LE MARABOUT, LA PERRUCHE ET LE SINGE

298. Marco Martella
FLEURS

299. Laura Ulonati
DANS TOUT LE BLEU

300. Laurent Nunez
LE MODE AVION

301. Sébastien Berlendis
SEIZE LACS ET UNE SEULE MER

302. Éric Vuillard
UNE SORTIE HONORABLE

303. Eszter T. Molnár
TERÉZ, OU LA MÉMOIRE DU CORPS

304. Joseph Andras
POUR VOUS COMBATTRE

305. Bruno Messina
43 FEUILLETS

306. Claudie Gallay
VICTOR

307. Espedite
UTÉROTOPIE

308. Mario Pasa
L'INFANTE SAUVAGE

309. Florian Préclaire
LE CAVALIER DE SAUMUR

310. Gisèle Bienne
LES LARMES DE CHALAMOV

311. Marco Martella
LES FRUITS DU MYROBOLAN

312. Jean-Michel Ribes
DICTIONNAIRE DE MES AMIS RECOMMANDABLES

313. Sébastien Berlendis
LUNGOMARE

314. Matthieu Mégevand
COMME APRÈS

315. Murray Bail
LUI.

316. Bruno Messina
FEU SAINT ANTOINE

317. Florian Préclaire
ALLÉE DES IMMORTELLES

318. Jacobo Bergareche
LES JOURS PARFAITS

OUVRAGE RÉALISÉ
PAR L'ATELIER GRAPHIQUE ACTES SUD
REPRODUIT ET ACHEVÉ D'IMPRIMER
EN MAI 2024
PAR NORMANDIE ROTO IMPRESSION S.A.S.
À LONRAI
POUR LE COMPTE DES ÉDITIONS
ACTES SUD
LE MÉJAN
PLACE NINA-BERBEROVA
13200 ARLES

DÉPÔT LÉGAL
1re ÉDITION : SEPTEMBRE 2024
N° impr. : 2402047
(Imprimé en France)